大活字本シリーズ

志水辰夫

冬の巡礼

《上》

埼玉福祉会

冬の巡礼

上

装幀　関根利雄

冬の巡礼

一

雪が急に深くなってきたかと思うと、いつの間にか川の流れが逆になっていた。日本海の方へ向かっている。高山ではまだ穏やかな雪景色だったのに、飛驒《ひだ》古川から粉雪が舞いはじめ、それこそあっという間に雪の厚みが増してきた。その変化の激しさに感覚が追いつけないまま、山峡の、雪の下から掘りだしたかと思われるような無人駅に下り立っていた。

ホームの後の、見上げるような高さの山間から雪煙が上がっている。

針葉樹の森で雪が枝から落ちているのだった。前にある川は、石を投げたら対岸まで届きそうなくらいの川幅しかない。その右岸に、鉄路と人家がわずかな隙間《すきま》を見つけてしがみついていた。列車を下りたのは三人。わたしをのぞくふたりは女子学生と五十年配のショールをかぶった女性で、いかにももの慣れた足取りで駅舎を出るとすぐさまいなくなった。足下がたしかだと思ったのも道理、ふたりともレインシューズを履いていた。

誰もいない待合室の中で石油ストーブが燃えていた。木製のベンチにはパッチワークした座布団が敷かれ、コーナーの棚には持ち寄った漫画雑誌が並べられている。花瓶に挿してある本物のネコヤナギ。清潔で、快適で、空虚だった。壁に村営バスの時間表が貼ってある。二方向へ一日六便ずつ出ている。ただしすべての列車に接続しているわけではなさそうで、駅周辺にはひとっ子ひとり見当たらなかった。

駅前に立ってすべてのものが盛り上がっている雪景色を呆然と眺めていた。平坦部で一メートル、物陰になると軽く二メートルは越えていよう。これほど雪が深いところだとは思ってもみなかった。

道路は駅を起点に北へ延びている。人家はその両脇へまばらに並び、いちばん手前の家に食堂という看板が見える。雑貨屋兼用でパンや入漁券も売っているようだが、表戸はぴったり閉ざされていた。その先に旅館の看板がひとつ。二軒ともまったく普通の民家だった。白壁、切妻で、平入り、軒の下にのぞかせている垂木《たるき》の木口を白く塗るなど、この地方独特の様式を見せている。高山周辺とちがうのは、家の周囲に板を張り巡らして雪囲いをしていることで、入り口にカーテン状のビニールをぶら下げて雪の吹き込むのを防いでいる家もある。見回したところ公衆電話さえ見当たらなかった。村営バス以外の交通機関もなさそうで、この分ではタクシーもないと思わなければならないだろう。

食堂で電話を借りようと行きかけたとき、はじめて人間を見かけた。どこから出てきたのか知らない。顔を回したときは道路の真ん中に立っていた。女性である。歯ブラシをくわえていた。不自然な感じのする白い顔、ソバージュ、派手な柄物のスカート。わたし以上に向こうがびっくりしていた。それから笑った。多分に曖昧《あいまい》な笑みだったのは、あまりきりっとしているとはいえない自分の格好を恥じたからにちがいなかった。年齢三十四、五。あるいはもうすこし若くて、わたしと同じくらいかもしれない。

彼女の後の、道路から一段下がった民家の間に『めぐみ』と書いた看板が見えていた。もとは倉庫か倉だったと思われる建物を改装したもので、ドーランを塗りたくったみたいな白いドアと、軒先に下がったガス灯風のあざとい明かりとがいかにも異質だった。

「用事?」歯ブラシをくわえたまま言った。よほどわたしがもの言いたげだったたらしい。

「タクシーはありませんか」

「古川から呼ばなきゃないわ」わたしの風体に素早く目を走らせると言った。「呼ぶ?」

「お願いします」

「来て」

石段を五つ下りて店の裏側に回った。こちらにもドアがあった。彼女が先に中へ入り、明かりをつけた。「お入んなさい。寒いでしょう」すぐに石油ヒーターがうなりはじめた。彼女のほうも素足にサンダルばきだ。カウンターの中の流しですぐさま歯をすすぎはじめた。身のこなしが意外にもきびきびしていた。

「どこまで行くの？」

「大谷というところです」

いくらか長めの顔、目も口許《くちもと》も小さくて、眉が薄い。どちらかといえば控えめな容貌だが、きちんと化粧したらもっと映えるだろう。艶《つや》やかな髪が洗いたてみたいに光っていた。身体はやや華奢《きやしや》、ざっくりしたセーターを通してほっそりしている肩の線が感じ取れる。

「知らないわね。聞いてもしょうがないのよ。ここのことは全然知らないんだから」

「地元の方じゃないんですか」

「とにかくいま住んでることはたしかだけど」顔を上げてこちらを見た。濡《ぬ》れた口許を拭《ぬぐ》いもしない。「住めば都よ。そう思うことにしてるの」

「こんなに雪が深いとは思いませんでした」

「いまになって降ってきたのよ。先週までろくになかったの。あなたの靴ではちょっと無理じゃないかしら」

大阪へ仕事の打合せに行った帰りだった。上にこそダウンジャケットを着込んでいたが、足下には中途半端な靴を履いていた。はじめから帰りにここへ寄ろうと決めていたので、本当はトレッキングシューズにしたかった。しかし中之島《なかのしま》のオフィス街へそういう靴で尋ねて行くわけにもいかなかったのだった。

「お昼、すんだの」

「駅弁を食べました」

「その身体だったらまだ入るでしょう。食べていきなさいよ。いまご飯炊《た》いてるところだから」

「ご馳走してくださるんですか」

「その代り、なんにもないわよ。ひとりで食べたっておいしくないからね」ここで待っているように言うと、裏口から出て行った。

戻って来るのにだいぶ時間がかかった。時刻は間もなく午後の二時になろうとしている。わたしはカウンターに寄りかかり、ヒーターで足下を温めた。スタンドが六つと、十人くらい座れるボックスシートだけでいっぱいという広さ。カラオケ装置がカウンターの脇、トイレのドアがその横で、ピンク電話はこちらのカウンターの端に置かれていた。国産ウイスキーのボトルが棚に二十ばかり並んでいる。埃《ほこり》のこびりついた招き猫と、どこかの神社のお札、九州土産の地名入り提灯《ちょうちん》。壁に厚手のカーテンが下がっているのは、遮音のためというより内装費の節約のためだろう。あまり金はかかっていなかった。金をかけられるほど客があるとも思えなかった。

彼女の戻りが遅いので、ピンク電話を使って坂倉博光の家にダイヤルしてみた。呼び出し音はするものの、電話口には誰も出なかった。もう二十回以上かけている。

彼女は炊飯器はじめ、バスケットや紙袋を両手に抱えて戻ってきた。遅くなったはず、化粧をしている。十倍はきれいになっていた。こういう暗いところより、外で見たほうがはるかに見栄えのする顔だった。服装も変わり、スカートも丈が足下まである暖かそうなものにはき替えていた。

「冷蔵庫を漁《あさ》ってきたわ」持ってきた籠の中からいろんなものを取り出しながら言った。茶碗《ちゃわん》とお椀《わん》を二つカウンターに並べる。「といっても何にもないのよ」

「買い物はどこへ行くんですか」

「ふだんは村のスーパーですませているわね。あとは高山へ行く人に頼むくらい。自分で出かけることはあんまりないの。車がないと不便なところだし、わたしは持ってないし。いつもだとまだ寝てるのよ。今日は郵便屋さんに起こされたものだから」

「毎晩遅いんですか」

「その日によるわね。十二時に一応看板落とすんだけど、一時二時まで歌って、まだ帰らない客だっているから」

「酒より歌うのが目的なんだ」

「娯楽といえるものが何にもないのよ。パチンコ屋だってないし。あとは飲んで歌うだけ。ここだと少々飲んだって車運転して帰れるからね」

鍋の水が沸騰してくると昆布と鰹節《かつおぶし》でだしを取りはじめた。中に入れるものは豆腐と油揚げと笹《ささ》がきゴボウ。味噌汁の用意がほとんどできあがったところで、鍋を下ろして焼き網を掛けた。今度はアジの干物を焼きはじめる。こんろがひとつしかないせいだった。

「こんなところまで何しに来たの」

「人を尋ねて行きます。ただ、さっきもこの電話を借りてかけてみたんだけど、先方が出ないんです。もう三日かけている」

「このごろはみんな働きに出てるからね。どこへ行っても年寄りしか残ってないわよ」

「尋ねて行くところも年寄りの家なんです」

「夕方まで待ってみたら」

「確実に帰ってくるとわかっていたら待ちます」

「明太子食べる？」タッパーウエアを取りだして言った。「ちょっと辛いのを送ってもらったんだけど」

「大好きです」

「目玉焼きなんかだとふだん食べあきてるでしょうからね。よそへ行ったときぐらいきちんとした食事しなきゃ。独身でしょ」

「どうしてわかるんです」

「見たらわかるわよ、それくらい」やや狡猾《こうかつ》そうな目になって言った。

「仕事、当ててみましょうか。普通のサラリーマンじゃないわね。かといって不動産屋みたいなやくざな商売でもなさそうだし。技術関係かな。といって、コンピューターとか、電気とか、あんまり時代の先端という感じじゃないわね」

「百姓には見えませんか」

「見えないわよ。そりゃすこしは日焼けしてるけど」

「じゃ半分当たりだ。百姓もやってるんです。その合間に土建屋をやってます」

「どっちが主なの」

「どっちも半端。百姓一本じゃ食えないから、出稼ぎに出ているんです」

「どこから来たの」

「一応東京です。といっても多摩のだいぶ田舎ですが」

「青梅《おうめ》のほう？」

「五日市線の沿線です。秋川というところ」

心持ち懐かしそうな顔をした。しかしそれほど明るい表情ではなかった。唇の端にいくらか皺《しわ》を寄せてうなずき、逸《そ》らすみたいに目をこんろに戻した。彼女の容貌が先ほどまでの印象とちがい、人工的な光でのほうがより自然な雰囲気を持っていることに気づいた。年齢もわたしより四つ五つ上かもしれない。

「東京にいたんですか」

「いたこともあるわよ。いろんなところで暮らしてきたから。とても全部は思い出せない」

「ここへはいつ来たんです」

「はじめての冬を越したところよ。頼まれてほんの一か月のつもりだったけど、なんかこのままずるずるいきそうで、半分怖くなっているの。人間てすぐ慣れるものなのよ。刺激がなければないで、それに慣れてしまうとすごく楽なの。なにも考えなくていいし、なにも悩まなくていいし」

ふたたび味噌汁をこんろにかけ、煮え立ってくると火を弱めて味噌を溶き入れた。茶碗にご飯をよそい、小皿と一緒にわたしの前へ並べる。湯気の立っているあつあつの味噌汁に三つ葉が浮かんでいた。

「すごいな」

アジの干物があって、筍《たけのこ》と里芋と椎茸《しいたけ》の煮物があって、お浸しと、漬け物と、辛し明太子のついた昼食だ。それに引き比べ、今朝大阪のビジネスホテルで食った千二百円のバイキング朝食の貧しかったこと。

「感激してもらうほどのものじゃないけど、温かいのだけがご馳走だから、どうぞ冷めないうちに召し上がって。お代りしてね。量だけはたっぷりあるから」

いただきます、と箸《はし》を取った。彼女も向かいへスツールを持ってきて腰を乗せた。わたしの目線よりやや下。ふたりともいくらか照れ気味だったが、彼女が「なんか恥ずかしいわね」と言ってその気分を和らげてくれた。味噌汁を一口すすり「うん、わたしにしたら上できだわ。一緒に食べてくれる人がいると、張り合いがちがうのよね」

「一緒にご飯を食べようと言ってくれる人はいないんですか」

「いやなこと聞くわね。あなただっていないくせに」

「ぼくは慣れてます」

「いい男なのに。いくつ？」

「三十二」

「もったいないわね。商売がいけないのよ。いまどきの若い娘は見てくれのいいものしか追わないから」

お代りを二回した。全部で三杯。食後のデザートにリンゴまでついていた。何もしないでこういう食事にありついたのは久しぶりだ。

「いまのタクシーは無線だから、呼ぶとすぐ来るわよ」彼女は食後の煙草をくゆらせながら言った。「帰りは古川まで乗ったほうがいいわね。列車の本数だって増えるし」

かすかな金属音が響いてきた。列車の音だ。

「あら、上りだわ。ひょっとすると村営バスがあるかもよ」

そういえば三時ごろ出るバスがあったように思う。彼女が前のドアを開けて出て行ったので、わたしも後につづいた。列車は見えなかったが、すぐ前に立ちはだかっている山の杉林でまた雪煙が上がっていた。列車の振動で新雪が落ちているらしい。雪は止みかけている。

「あら、ちがったかな」

駅の方を見ていたが誰も出てこなかった。列車が通ったのはたしかだが、下りた乗客はいなかったのかもしれない。するとバスは出るのか出ないのか。第一そのバスがどこにも見えない。

二十メートルほど離れた道路脇に泥だらけのワンボックスカーが止まっていた。民家の間から出てきた男が車に戻ろうとしている。

「あなた、これからどこへ行くの？」彼女が問いかけた。

「宮田へ行くが」

不精髭《ぶしようひげ》を生やした四十年配の男だった。頭が薄く、ぎょろ目、手が肩から斜めに出て、ドラえもんのような体軀《たいく》をしている。零度近い気温なのに長袖シャツ一枚という軽装だった。もっともはち切れそうになったシャツの間から下に着こんだメリヤスシャツが見えていた。

「大谷というところを通らない？」

「途中だよ」

「じゃこの人を乗せて行ってあげてよ。東京からわざわざ見えたんだって」

男はいくらか目を細めてわたしを見た。口を半開きにしている。

「いいよ」鈍重な顔に戻ると言った。

「よかった。じゃこれに乗せてもらいなさいよ」彼女はひとり決めしてわたしの方に振り返った。「なにもタクシー代使うことないわ」

突然だったので別れはあわただしかった。わたしは店に引き返して自分のバッグを取ってきた。いくらか食事代を置こうとしたが、これは当然とばかり断られた。

「いらないわよ。食事につきあってもらったのはわたしの方だから」

「じゃ今日のところはご馳走になります。申し遅れました。鈴木克宏といいます。お名前を聞かせてください」

「いやだわ、そんなに改まるの」軽い媚《こび》を見せて彼女は言った。それから看板を指さした。「めぐみでいいじゃない」

「他人の店なんでしょう？」

「ここじゃめぐみで通ってるわよ」

「じゃ姓のほうを」

「菅原」

菅原めぐみに礼を言い、助手席に乗り込んだ。商品の配達をしている車だろう、後に段ボール箱を二重ね積み込んでいる。甘ったるい匂いが立ちこめていた。男がペパーミントガムを嚙《か》んでいるせいだった。目いっぱいヒーターを利かせている。ジャンパーが脱ぎ捨ててあって、男はそれを後に放り投げた。

菅原めぐみは道路の真ん中に立って見送っていた。確かめたわけではないが、いつまでも見送っているような気がしてならなかった。

二

「大谷の誰を尋ねて行くんだ」男が尋ねた。

「坂倉澄江さんという人です。お年寄りだと思いますが、ほかに家族がいるかどうかは知りません」

「知らんなあ。いいよ。聞いてみてやる」

走りはじめてすぐ道がふたつに分れた。川の分岐があって橋がかかっている。村の中心部らしい町並は橋の向こうに広がっているが、わたしの乗った車はその手前で左に曲がった。枝分れした川に沿って山の中へ入って行く。除雪センターという建物を最後に人家がまったくなくなった。山が深く、雪がさらに深くなった。その割りに道路の勾《こう》配《ばい》はなく、山裾《やますそ》を丹念に拾いながらくねくねと曲がって行く。左側に流れの浅い川が平行していた。何の手も加えられていない自然のままの川で、鮎漁《あゆりよう》に関する掲示が出ている。道路には除雪車の残していったキャタピラの跡。走りはじめて五分以上たつのに、まだ対向車に一台も出会っていなかった。

「交通量が少ないですね」

「こんなもんだ」

男はつまらなさそうに言うと窓を開け、ガムをぺっと吐きだした。喉《のど》をぜーぜーいわせている。どういう商売なのかわからない。車体には何も書いてなかった。男は煙草を吸いはじめた。

「こんな田舎へご苦労なことだな」わたしの格好に目を走らせるとど

こか不自然な口調で言った。「ここは飛騨のどん詰りなんだよ。冬は国道も全部ストップするから、春になるまでどっこへも抜けられない。たった一本の道路で高山へつながっているだけだ」

「しかし大変な雪ですね。こんなに雪が深いとは思いませんでした」

「降るときゃこんなものじゃないけどよ。三メートル以上積もることだってある。これでも最近は少なくなったほうだ。高山の方から来たのか？　猪谷《いのたに》の方から抜けてくる列車だと、毎日二、三十分遅れてるからな」

「下りのダイヤも相当乱れてました」

「そうだろう。すぐ雪崩を起こすもんだから徐行してるんだ」

除雪車が二台前方に現れた。前の車が雪を押しのけ、後の車が円筒型の排出口から噴き飛ばしている。道を空けてくれるまで一分近く待たされた。

「ゆうべだいぶ降ったんだ」男は除雪車の方に顎《あご》を突き出して言った。「ここらじゃ、あれが冬いちばん割りのいい仕事でさ、雪のお陰で食ってる人間がいっぱいいるんだ。どんな山奥でもいま除雪だけは完璧にやるからな。大雪が降っても昼前には道がつく。それだけ村は大変よ。税金払ってない年寄りがひとり住んでたって、除雪だけはしてやんなきゃならん」

地形がいくらか開け、ぽつんぽつんと人家が現れてきた。道路脇にところどころ盛り上がっているものがあるので、何だろうと思ったらガレージにほかならなかった。ブロックかコンクリートで頑丈につくられている。雪が深すぎるため、家が道路からすこしでも引っ込んでいると、車を乗りつけることができないせいだった。

どの家も材木のような板で雪囲いしていた。それが一階の表側に限られるのは、出入り口を確保するためらしい。家の前面を分厚く蔽《おお》っているわけだから、中はさぞかし暗いと思われる。屋根に上がって雪下ろししている人間をはじめて見かけた。一本、二本と道が枝分れしはじめた。村営バスの停留所がある。スキー場の標識が出ていた。ただしいまのところスキー客らしい車にはまだ一台も出会っていない。

左右の平地は畑である。

「この先が大谷だよ」男が前方へ顎をしゃくった。「坂倉なんちゅうたっけ？　あんまり聞いたことのない名だなあ。どっかで聞いてみよう」

　間もなく車を止めた。

「この家で聞いてくるから待ってろや」

　と言って車を下りていった。三軒ほど民家が並んでいる。いずれも道路から一歩引っ込んでおり、男の入って行ったいちばん手前の家は、道路脇へ積み上げられた雪のせいであまりよく見えなかった。彼は一、二分で戻ってきた。

「わかった。もうすこし先だってよ」

　さらに数キロ走った。しばらくつづいた平地の終点みたいなところに建っている一軒家が坂倉の家だった。道路から一段高くなったところに母屋があって、取付け道路が三、四十メートル上がっている。コンクリートブロックづくりの車庫が道路縁にあったが、中は空だった。そんなに古い家ではない。二階建ての母屋と、納屋、蔵、倉庫などがコの字型に配されていた。

「この家だ」男は車を止めて言った。「帰りは自分で何とかしてくれ。タクシー呼ぶか、村営のバスを待つか、おれの方は何時になるか見当つかないんだ。それじゃな」

礼を言って車を下りた。走り去る車を見送ってから坂倉澄江の家に向かった。家までの取付け道路が除雪されたばかりだった。山に近くなったせいか、雪が一段と深い。

坂倉の家も厚さ四、五センチある板を前面に立てかけていた。築後二、三十年のかなり今風の家だが、木材はふんだんに使われていて、この地方の伝統と様式が忠実に受け継がれている。窓のアルミサッシはのちになって取りつけたものだ。二階の窓はカーテンで閉ざされ、軒先には一メートル近いつららがぶら下がっている。倉庫と見た建物は夏用の車庫で、取り外したタイヤが四本見えていた。庭はほとんど使われていない。足跡がわずかに裏へ回っている。軒先へ潜りこむみたいにして雪囲いの間を入って行くと、ガラス戸の玄関があった。表札は出ていない。

戸を開けて声をかけた。入ったところがコンクリートの三和土《たたき》になっている。左が板の間。対流式の大きな石油ストーブが据えてあり、上に載せたやかんから盛んに湯気が噴き上がっていた。それでも森閑と冷たい。こういう建物の冬の寒さが思いやられた。三和土の奥に木製の臼《うす》が据えてある。壁の農事用カレンダーは去年のままだった。

もう一度声を上げた。やっと反応があり、奥から二十四、五くらいの女性が出てきた。セーターにスラックス、肉づきのいいふっくらした頰と長い髪を持ち、目がいくらか吊《つ》り上がっていた。背はあまり高くなく、全体的にころころした感じで、おおまかな顔にやや厚めの化粧をしている。見知らぬ訪問者に緊張したのか、彼女はストーブの向こうで顔をこわばらせた。

「坂倉さんですか」

固い顔でうなずいた。

「すると、あなたが坂倉博光さんのお嬢さんですか」

はい、やっと聞き取れる声で言った。

「鈴木といいます。坂倉さんと同じ職場で働いていた者です」娘の顔色を見ながら言った。「お父さんのことはお聞きになっていませんか」

「なにも」

「お気の毒な知らせを持ってきました。亡くなられたんです」

「父が？　亡くなったんですか」ほとんど表情が変わらなかった。わたしの言った意味がわかっていないといわんばかりだった。

「もっと早くお知らせに上がらなければいけなかったんですが、いろいろ事情がありまして、今日まで遅れたことをお許しください。遺骨は持って来られませんでした。警察にあるんです。警察からの連絡はもっと先になるかもしれません。お父さんの身元、つまりここの住所を、まだつかんでいないんじゃないかと思います。お父さんが会社に届けられていた住所は、名古屋になっていました。それも実際にはない番地です。お父さんが亡くなられた原因を申し上げますと、事故でした。作業上の事故ではありません。夜、足を踏み外して、海へ落ちたんです。多分お酒を飲んでいたのではないかと思います。残念なことに、そのときそばに誰もいなかったのです」

一言一言注意しながら言った。娘はうつむいた。それから腰を折ってそこに座り込んだ。膝《ひざ》を合わせて、手をのせている。しばらく我慢していた。やがて、両手で顔をおおうと、静かに泣きはじめた。

黙って立っていた。ストーブの火も、やかんの湯気も感じられない冷たさに縛りつけられていた。そして娘が弱々しく嗚咽《おえつ》する姿をただ見つめていた。

「お尋ねになりたいことがあったらお聞きください。知っている範囲内でお答えします。あいにくぼくは、たまたま職場を同じくしていたというだけで、それほど深いおつき合いをしていたわけではないんです。職場でこそ知り合いでしたが、私生活となると、まったく何も知りません。それでも亡くなられる前の日に、お父さんからある頼みごとをされたんです。ぼくはそれを引き受けました。ですから今日は、その約束を果たしに来たのです。それ以上のことを言えないのが残念です」

反応はなかった。娘はしゃくり上げて泣きつづけた。まるで不本意な叱《しか》られ方をした子どもみたいに身体をこわばらせていた。

右に台所、正面に十畳くらいの和室が見えている。和室にはこたつがあり、仏壇と大型テレビとが同居している。台所の食卓の上には調味料の瓶が並び、ガスレンジにはアルミ鍋がかかっていた。冷蔵庫がうなりはじめるとわずかに床が揺れた。ほかに家人のいる形跡はない。

「坂倉さんのお母さんはいらっしゃいませんか」と聞くと、彼女の肩の震えが止まった。「坂倉澄江さんです。多分あなたのおばあさんだと思うんですが」

返事の戻ってくるのにだいぶ時間がかかった。

「不幸があって親戚の家へ行っています」

うつむいたまま答えた。髪が膝近くまで垂れ下がっていた。手をふたたび膝にのせた。

「いつお帰りになります」

「今日は帰って来ません」

「奥さんは？　あなたのお母さんのことですが」

また時間がかかった。

「母はいません」

わたしはすこしたじろいだ。

「おばあさんは明日だとお帰りですか」

「多分帰れると思いますけど」

「それでは明日、もう一度出直して来ましょう。おばあさんに連絡がついたら、ぼくが尋ねて来たことをお伝えください。事故のことを詳しくお知りになりたいようでしたら、横浜の本牧《ほんもく》署というところになります。ただし、ぼくが尋ねてきたことは言わないでいただけませんか。お父さんとの間で交わした約束のことは、警察の知らないことですから」

「父とどういう約束をなさったんですか」娘が顔を上げて言った。涙がそれとわかるほど化粧をくずしていた。

「それはおばあさんにお会いしたとき申し上げます。ご本人からそう念を押されているんです」

正確にはおふくろに、と坂倉は言った。妻の名前は出てこなかった。

「わたしがお聞きするのはだめなんですか」

「はい。申し訳ありませんが、そういう約束ですので。じつは預り物をしているんです。ですからぼくとしては、お父さんとの約束通り、あなたのおばあさんにお渡しししたいんです」

娘は当惑しながらもうなずいた。「わかりました。ではそのように伝えます」

「よろしくお願いします。いきなり押しかけてきてすみませんでした。何度かお電話したんですが、お出にならなかったもので」

「おじの具合がずっと悪かったものですから、みんなで病院へ出かけて、誰もいないことが多かったんです」

自分もふだんは勤めに出ているので、と彼女は言った。わたしは重ねて礼を述べると坂倉の家を出た。外の道路まで出て、電話でタクシーを呼んでもらえばよかったと気づいたが、引き返す気になれなかった。というより途方に暮れている。明日また来なければならない。いきなり丸一日時間ができて、それをどうつぶしたらいいか、何も考えられないのだった。とりあえずバッグを肩にいま来た道を引き返しはじめた。三百メートルばかり戻ったところに三叉路《さんさろ》があり、そこが村営バスの停留所になっていた。見ると二十分後に駅行きのバスがある。それで待つことにした。

雪が完全にやんだ。見回すと、西の空に握り拳大《こぶし》の青空がのぞいていた。いまにも溶けてしまいそうな淡い色で、あわただしい雲の動きを見ていると、束の間の晴れ間にすぎないかもしれない。気温は三、四度くらい、思ったほど寒くなかった。風もなく、山間に堆積《たいせき》している空気が肺を突き抜けてしまいそうなほど透明で、気持ちがよかった。バスがなかったら多分歩いていた。来たときの感じからいえば、この靴で歩いても二時間あれば駅へ着けるだろうと思うのだ。

白一色の視界の中へ、赤いものが入ってきた。わたしがいま引き返してきた道を小走りにこちらへ来る。坂倉の娘だった。彼女は息をはずませながらやって来た。

「たったいま連絡が取れました。祖母から電話がかかってきたんです。それで、お客さんは今夜どちらでお泊まりになります？　祖母が今晩か明日にでも、宿の方へお尋ねしたいと言ってるんですけど」

「まだ決めていません。とりあえず高山まで戻ろうと思っているだけで」

「じゃ高山で泊まっていただけますか。おじの家が高山からすこし入ったところにあるものですから。高山だったら尋ねて行くのに便利だと思いますので」

「じゃそうします。宿の名は、向こうに着いてからお知らせしますよ」

「それが、わたしもこれから出かけるんですけど」

「それは困った。高山ははじめてなんです」

娘はわたしの視線にうろたえた。「すみません。おじの家の電話番号を控えてくればよかった」後を見た。ふつうの靴を履いていた。ここまで追って来るのにかなり足下が危なっかしかった。

「どこか、知っているホテルはありますか」

「駅を出た左手に、大きなビジネスホテルがあります。五、六階建ての建物だからすぐわかると思います。たしかセントラルホテルという名です」

「じゃそこで泊まるようにします。もしそこがだめで、ほかのところに宿を取るようだと、フロントに伝言を残しておきます」

娘はわたしの名前をもう一度聞き、ごめんくださいと会釈して帰って行った。わたしは村営バスに乗って大谷を離れた。乗客はたった二人で、それも途中で下りて終点の駅まで乗ったのはわたしひとりだった。

三

坂倉博光が亡くなって十日たっていた。城南建設の宿舎へ義弟だという男が現れて遺品を引き取って行ったという話を聞いたのは、先《さき》一昨日《おととい》のことだ。そのくせ男は警察が保管している遺骨の引取りには行っていなかった。坂倉の事故を耳にした人間が、遺品の中から金目のものを持ち去ろうとしたのか、今月分の未払い給料を横取りしようとしたのか、真意のほどは知るよしもない。しかし遺品はスポーツバッグに入る程度の身の回り品しかなかったし、未払分の給料は後日清算ということでそのときは払われなかったというから、何も得ることはできなかったわけだ。半日を費やして、着替えや汚れものが入ったビニールバッグひとつを手に帰って行ったという。

「ほんとに油断も隙もない世の中ですわ。これじゃ死んだ坂倉が浮かばれませんよ」城南建設の二宮がそう言って電話口の向こうでぼやいた。

城南建設はわたしが籍を置いている菅井工務店の下請会社だった。

坂倉はその下請会社に所属していたから、菅井工務店とはじかに関係ない。しかも死亡事故が仕事とは関係のないプライベートな時間に起こったとあれば、どちらの会社にもその責任はないわけで、死後の気のかけられようがある程度粗略なのはいたしかたなかった。まして彼が届け出ていた故郷の自宅住所がでたらめだったとあればなおさらだろう。あるいはこのまま身元不明、受け取り人なしの遺骨がひとつ増えていただけかもしれないのだった。

坂倉から預かりものをしていなかったら、わたしだってそのまま聞き流し、もう彼のことなど忘れていたかもしれない。格別親しくしていた覚えはないし、頼んだり頼まれたりするような個人的なつき合いをしていたわけでもない。しかしひょんなことで彼はわたしに頼み、わたしはそれを引き受けてしまった。だからこうして、彼が書き残していった住所を頼りに、この地を訪れている。会社にはでたらめの住所しか言わなかった彼が、わたしには本当の住所を教えていったのだ。

四時すぎに高山へ着いた。そして希望通り、セントラルホテルというところへ宿を取った。駅から歩いて四、五分、ごくふつうのビジネスホテルだった。部屋は四階、屋並が低いのでけっこう見通しが利き、雪の下で静まり返っている黒々とした街の半分くらいは望めた。日が暮れるまで時間があり、夕飯を食うにも早すぎる。それで街の見物に出かけた。

一時晴れるかに見えていた空にまた黒雲がせり出していた。ときどき灰屑《はいくず》みたいな粉雪が舞い下りてくる。天候が十分単位で変化していた。だからそれが当然といえば当然なのだが、地元の人はみな雪支度だった。足には例外なくブーツかゴム長を履いているのだった。

ホテルを出てものの一分も行くと宮川という川が流れている。河川敷まで人の手が入った人工的な川だが、水流は豊かで、鳩がわがもの顔に飛び回っていた。対岸に渡ると、そこが高山の目玉になっている古い町並だった。何かで見たり記憶のどこかにとどめていたりする屋並が数ブロックつづく。軒の高さを合わせた建物、格子戸、大戸、つけ庇《びさし》、側溝、造り酒屋の軒先にぶら下がっている杉玉、多分に演出過剰気味ではあるが、ここには失われた美意識みたいなものがまだ残っていた。夕方のあわただしさの中にも人の吐息を間近に聞くような懐かしさがあり、宵闇《よいやみ》の迫り方にもちゃんちゃんこを着ているような温もりがあった。街の広がりとかスケールとかが個々の感覚にちょうどいい大きさなのだった。

季節がら観光客らしい人間にはほとんど出会わなかった。瀬戸物屋で手頃な湯飲みを見つけたのでひとつ買った。蓋《ふた》と取っ手のついた中国風の湯飲みで、前からひとつ欲しいと思っていた。というのも男の独り所帯はお茶一杯飲むのもけっこう面倒なもので、急須を使うとあとの片づけがおっくうになる。湯飲みへじかにお茶の葉と熱湯を入れたら急須はいらなくなる理屈で、べつにわたしの創案ではない。中国映画を見ていて、あ、そうかと思いついたまでだ。

「ひとつでいいんですか？」

と言われたからあるいはペアでそろえるものだったかもしれない。

五時をすぎると急に寒気が強まってきた。吐く息の白さが増してきたかと思うと、濡れた路面が凍りはじめた。すこし早かったが、ついでだから食事をして帰ることにし、ごくありふれた中華料理屋へ入った。田舎から出てきたと思われる母親と五、六歳くらいの幼児がそばを食べていた。母親の方はとっくに食べ終わって列車の時間を気にしていたが、幼児の方はそれどころではないとばかり丼《どんぶり》を抱え込んで箸《はし》を使うのに夢中だった。

六時にホテルへ帰り、風呂へ入る準備をしていると電話のベルが鳴った。

「博光の母でございますが」

七十にはなっていると思われる老婆の声だった。しかし言葉は明確で、高山から遠くない、親戚の家からかけていると言った。彼女はわたしがわざわざこの雪深いところまで来てくれたことに礼を述べ、これからホテルまで行きたいと言った。甥《おい》が車を出してくれるというのだ。もちろんわたしの方に異存はない。一時間後に一階の喫茶室で会うことにして受話器を下ろした。

風呂に入るのは後にしようと思い直し、わたしはバッグから坂倉博光より預った位牌《いはい》を取り出した。仏壇に安置する故人の戒名を書いたあの位牌である。わたしも父母の位牌を持っているからわかるのだが、託された位牌はかなり高価なもので、全体が暗紫色をしていた。塗料で色付けされたものではない。多分紫檀《したん》か黒檀でできていた。雅徳院釋仁慶雄居士と金文字で戒名が書き込まれている。位牌は風呂敷に包んであった。この風呂敷も坂倉のものである。

明かりの下に置いてしばらく眺めていた。戒名を読み直す。それから手に取り、いろいろな角度から眺めてみた。最後に全体をばらしてみる。台座と、その上の蓮華《れんげ》模様の入った碁盤のようなもの、いちばん上の戒名を書き込んだ部分、この三つに分解できる。金具は使われておらず、一方にほぞを、一方にほぞ穴を設けて、差し込んで組み立てるようになっている。ばらした位牌を、またためつすがめつ調べてみる。これまで何回も繰り返してみたことにほかならない。そのたびに何もないことを確認した。何も細工されておらず、何も隠されておらず、何も秘密めいた位牌ではなかった。

坂倉から預ったとき、位牌は厚紙でくるんだ上、風呂敷で包んであった。だから外見だけだと中味が何なのかわからなかった。厚紙はただの厚紙で、事務所で使う請求書類の、裏表紙を流用したものだったからのちに捨てた。風呂敷は結婚式の引き出物を包むとき使われる紫色のもので、無地、ナイロン製の、きわめて安価なものだった。つまりどこから見ても、不審感の持ちようがない代物ばかりだった。出かける前に位牌を人に預けるという不自然さを除いては。

「監督さん。ちょっと頼みごとがあるんだけどよ」あのとき坂倉はそう切りだしてきた。「荷物預ってくれないか」

帰り支度をしているときだった。現場事務所にはもうわたしひとりしか残っておらず、労務関係者はとっくに引き揚げたとばかり思っていた。現に城南建設のマイクロバスが出て行ったのをだいぶ前に見ている。坂倉ひとりが残っていた勘定になる。あとから考えてみると、ふたりきりになる機会をうかがっていたとしか思えなかった。

「なんだ、まだいたのか」

「今日はやぼ用なんだ」

格別改まった服装はしていなかった。ズボンと靴を見れば、どういう商売の人間かだいたい見当はつくという恰好。ハンドウォーマーのついたジャンパーを着ているのが、わずかに改まっている。そういえばいつも不精髭《ぶしょうひげ》だらけだった顔の下半分をきれいにあたっていた。

坂倉は手に持っていた包みを差しだした。「持って行けないんだよ。だから監督に預ってもらえないかと思って」

「ここへ置いときゃいいじゃないか」

「だめだ。おれにとっちゃ大事なものだから」

「そんなものをなぜ人に預けるんだ」

「ほかにいねえからさ。預ってもらえるようなやつが」

どういう意味を込めて言ったのかわからなかった。ふだんからシニカルなものの言い方をする男で、言葉通りには受け取れないことが多かったのだ。同僚の受けはあまりよくなかった。というより嫌われていたといって差し支えないだろう。

「ぼくならいいってわけか」

「そう」平然と言った。「監督なら信用できると思ってよ。おれだってそれくらいの人を見る目はあるつもりだよ。ここにはなんかあったとき、あとのことを頼めるやつなんかいねえもの」

「おい、待てよ。おだやかじゃないな。なにやらかすつもりなんだ」

「万が一ってことだよ。外へ出た途端、ポンと車にはねられて、そのままお陀仏《だぶつ》ってこともあり得る世の中だからよ。一応頼んでおきたいんだ。もちろんおれだって月曜にゃけろっとした顔で出てくるつもりだけどよ」

「あいにく月曜はぼくのほうが出て来ないんだ。来週は来るとしたら多分水曜になる」

「それでもいいよ。つぎに出て来るとき持ってきてくれたらいいんだ。ほんとをいうと、一か月ぐらい預ってもらえるといちばんありがたいんだが」

「何が入ってるんだ」

「べつにたいしたものじゃないよ。見たきゃ見たってかまわないけど、人には何の値打ちもねえ」

風呂敷包みだった。軽そうだったが形はいびつで、中に何が入っているか見当もつかなかった。

「ずいぶん思わせぶりだな」

「正直に言うと断られやしないかと思ってさ」ずるそうな笑みを浮かべて言った。「じゃ引き受けてくれるんだね」

なんかはめられたような気がしないでもなかった。明確な返答はしたわけでもないのに、引き受けてしまった雰囲気がいつの間にかできている。そういう意味では狡猾で、押しつけがましい男だった。一言居士というか、何に対してもひとこと言わなければ気のすまないところがあって、とくに年若い者の言動に容赦がなかった。挨拶の仕方が悪いとか、長幼の順をわきまえないとか、若い連中がいちばん苦手にしている分野で言いがかりをつけるのだ。陰でかなりひどく言われているのをわたし自身何回か耳にしている。

年は五十をいくらか越した程度だったが、頭が薄かったので見かけはもっと年長の印象を与えた。骨太の、がっしりした体格で、身長が百七十以上あり、腕っ節は相当強いと聞いていた。酒の上での立ち回りで、あっという間に三人投げ飛ばしてしまったのを、城南建設の大島という社員が見ているのだ。

「だから何が入ってるんだ」わたしはやや語気を強めて言った。

「位牌だよ」わたしが気色ばんだのを逸らすみたいににやっと笑った。

「そんなに気味の悪いものじゃないよ。つくったばっかりで、まだ線香一本上げてないんだ」

返す言葉が見つからなくてわたしは黙り込んだ。してやられたと妙に腹立たしかったが、それを正直に出すのもおとなげないような気がする。わたしの沈黙を完全な承諾と受け取ったのだろう。坂倉はメモ用紙に何か書き込んで差し出した。

「おふくろの住所なんだ。もし役に立つようなことがあったら、届けてやってもらいたいんだ」

「なんか遺言みたいだな」

「まあね。そんなことにはならねえつもりだが」

皮肉な笑みを浮かべて答えた。自信があるようなないような、そこに軽い迷いがあったのを見たように思う。あとから思い当たったことだから、いくらでも理屈はつけられるわけだが。

彼と言葉を交わしたのも、姿を見かけたのも、それが最後になった。

坂倉博光は月曜日の朝、横浜の本牧埠頭《ふとう》で海に浮いているところを発見された。死因は凍死。身に衣類を何もつけていない裸体状態だった。海へ落ちる前に、実質的にはほとんど死んでいただろうと推測されている。推定死亡時刻は日曜日の早暁。明け方の最低気温が零度を切るという、この冬で一番冷え込みの厳しい日に当たっていた。坂倉の衣類は発見されていない。誰と会う約束だったのか、どうして横浜まで来たのか、それを知っている者すらいなかった。

坂倉澄江は甥だという三十くらいの男につき添われてやって来た。

年齢七十半ば、台所の上がり框《がまち》みたいな褐色の肌と、年齢にしては黒さの残っている髪が特徴的な大柄な女性だった。薄い眉と、人当たりのよさそうな目、年の割りに顔の色艶《いろつや》はよく、口を開けると金歯がのぞいた。腰はまだ曲がっておらず、体軀にもふっくらとした丸みが残っている。服装は地味な、いかにもよそ行きといった感じのワンピースにショールという組合せ。足には幼い孫から借りてきたような赤いレインシューズを履いていた。

「親不孝者でした」彼女はわたしの言葉を身じろぎもせず聞いていたあと、そう言った。「人さまに迷惑をかけにかけて、かけっぱなしの一生でした」

「そんなに親しくしていたわけではありませんが、仕事の腕は確かでしたよ。われわれの世界では転々と仕事先を変えるのが普通なんですが、坂倉さんはもう五年近くお勤めになっていた。律義で、真面目な方でないとできないことなんです。少なくとも、回りに迷惑をかけるような人ではありませんでした」

「そう言っていただけると、慰めになります。若いときから家を飛びだし、ほとんど帰って来なかった息子です。まるで自分の女房子供は、放っておいても勝手に育つとでも思っているみたいでした。とうの昔に、親のわたしでさえ見放したくらいです。とっくに死んでいると、そう思わなければ生きてくることができませんでした」

「個人的なことは何ひとつ言いませんでした。奥さんも含め、ご家族、家庭のことは、何も聞いておりません。お子さんは今日お会いしたぁのお嬢さんだけだったんですか」

「そうでございます。もう十年以上、孫の文恵とふたりで暮らしております」

「失礼ですが、奥さんは」

「早くから里へ帰りました。嫁にも愛想づかしされたんです。ひどい嫁だとは思っておりません。みんな博光が悪いんです」

　勝ち気な母親だった。言葉の端ばしで唇を噛んだが、さほど表情は露《あらわ》にしなかった。それでも内心の動揺を物語るみたいに、膝の上で組まれた指が落ち着かなさそうに絶えずひくひくしていた。手は大きくなかったが、指はふっくらしていた。髪の生え際が白いのを見て、染めていることがはじめてわかった。

「薄情な母親だと思われるかもしれません。けれど子どもの死んだ知らせを聞いて、涙ひとつこぼれないんです。また人さまに迷惑をかけた、という話なら驚かなかったでしょう。そうではなかったと聞いて、むしろほっとしております。つまらない死に方かもしれませんが、親にしてみれば誉《ほ》めてやりたいくらいです」鼻を詰まらせた。「お笑いくださいませ」

「とんでもありません。ぼくとしてはもっとお母様の慰みになることを申し上げたいのですが、これ以上のことを言えないのが残念です。とにかくお知らせを持って上がっただけでして、まるで子どもの使いですが、どうぞお許しください」

「わかっております。いろいろありがとうございました」

彼女はわたしに向かって深々と頭を下げ、それはもとの高さまで戻らなかった。うつむいたまま、動かなくなった。それから肩が次第に揺れはじめ、彼女は両手で顔をおおった。バッグからハンカチを取りだした。

「横浜の本牧署ですね」

それまで黙って聞いていたつき添いの男が言った。痩《や》せ気味の色の白い男で、目がいくらか吊り上がっている。服装はダウンジャケット。テーブルについてすぐ灰皿を引き寄せたものの、吸うわけにもいかなくて終始居心地悪そうにしていた。

「そうです。電話番号は最寄りの警察でお聞きください。城南建設の番号はこちらです」わたしは自分の名刺の裏に城南建設の電話番号を書いて差しだした。「大島君という男に聞いてくだされればわかります」

「ご迷惑をかけますが、四、五日うちにはまたうかがいますので。多分また、ぼくがつき添って行くようになると思います」

「よろしくお願いします」

「文恵の話では、何か博光さんからことずかっているということでしたが」

「ええ。いま部屋に置いてありますので、あとで持ってきます」

澄江とまだ話したいことがあったが、それまでの均衡がくずれたみたいに彼女は泣きじゃくっていた。私は黙って彼女の手や爪を見ていた。男が時計をのぞき、伯母さんとうながした。彼女はうなずきながらすみません、すみませんと何度も言った。男は当惑して冷え切ったコーヒーに手を伸ばした。わたしは立ち上がった。そして男に待っていてくれるよう言い、喫茶室を出た。

足が重かった。迷いと疑問、自分でも決断がつきかねている。明かりをつけないまま部屋に入った。窓が雪明かりでぼんやり明るい。外を見るとまた粉雪だった。駅へ通じる道が見えているが、人はまったく歩いていない。路面がまたうっすらと白くなりかけていた。

風呂敷包みを手に喫茶室へ戻った。坂倉澄江はもう泣きやみ、ハンカチを目に押し当てていた。甥の方はやっという顔で煙草を吸っている。わたしを見てあわててもみ消した。わたしはふたりの前に包みを差しだした。

「これが坂倉さんからの預りものです。中を見ていいというから開けて見ましたけど、なぜこんなものをと思うような品物です。おれにとっちゃ大事なものなんだ、坂倉さんはそう言いましたが、なぜ大事か、それ以上の説明はありませんでした。ご覧になったら首を傾げられるかもしれません。とにかくぼくとしては、預った以上お届けするのが義務だと思ったから持ってきた次第です」

「どうもありがとうございました」

甥が言って頭を下げた。彼は澄江に手を添えて立たせ、ふたりで一礼するとホテルを出て行った。車はどこか近くに止めてあるという。彼らが去って行くのを、わたしはホテルの前で見送った。それから自分の部屋へ戻った。外を見たがべつに彼らが見えているわけではない。

カーテンを引き、明かりをつけた。

「厄介なものを預けてくれたなあ」わたしはテーブルの上に立ててある位牌にそう語りかけた。「ほんとはこんなもの、さっさと引き渡して帰りたいんだ。けど、すっきりしないんだよな。あんたの死に方とおんなじさ」

坂倉澄江には今日買ったばかりの湯飲みを渡した。彼女らをだましたことになるが、なぜぎりぎりになって気が変わったか、自分でもよくわからない。何となくというか、もうひとつ素直に位牌を引き渡す気にならなかった。わたしにはいま別れた女性が、本物の坂倉澄江だとはどうしても思えなかった。彼女の手は、あんな片田舎に住む農婦の手では断じてなかった。自分が百姓だから、これだけは断言できる。

あれはまちがいなく夜になると眉を書き入れたり、化粧したりする世界で生きてきた女性の手であり、顔だった。

四

相変らずの低い雲だった。降ってはいないが遠くの山々は閉ざされている。ホテルの前の車寄せにうっすらとタイヤの跡が残っていた。昨夜いくらか降ったらしいのだ。そして黒ずんだ屋並の間から、人間の吐く息のような白い靄《もや》が立ち昇っていた。

食事をすませると九時にホテルを出た。駅まで歩く。気のせいかきのうより街に活気があった。車が多いし、けっこう人も歩いている。少数ながら朝市に向かっている観光客の姿も見かけた。これは高山だけのことに限らないが、地方の人はおしなべて朝型なのである。九時になるともうみんな働いているのがふつうだった。

駅のホームに飛驒古川行きの気動車が入っていた。しかし発車までまだ十五分ある。駅前に立ってしばらく広場を眺めていた。つけてきた人間がいないことをたしかめて、駅舎の隣りにあるロッカールームへ向かった。そして位牌の入っているバッグをロッカーに入れた。切符を買って列車に乗った。

古川駅で下りると、まず雑貨屋に行ってゴム長靴を買った。駅に戻って靴を履き替え、脱ぎ捨てた靴をロッカーに預けた。それからタクシーに乗った。

近道があるというので道順は運転手に任せた。車は街を抜けるとすぐ川を渡り、向かいにある山の中へ入って行った。相当な山坂だったが除雪は完全にされている。除雪車は見かけなかった。きのうはそれほど降らなかったという。スキー場案内の標識がここにも立っていたが、車はまったくといっていいほど見かけない。対向車にも一台会ったきりだ。やがて見覚えのある集落に出た。道がそこで一緒になったのだった。

「ちょっと止めてくれませんか」

きのう、ワゴンの運転手が道を聞いた家の前へさしかかったとき言った。わたしは車を下り、その家に向かった。

鍵が掛かっている。雨戸が閉められ、つららが雪囲いの間から鍾《しょう》乳石《にゅうせき》のように垂れ下がっていた。入口脇の郵便ポストにダイレクトメールが突っ込んであったが、それは正月前のものだった。足下の雪が氷のように固かった。それでも男の足跡は残っていた。雪囲いの中へ一歩入ったところで止まっている。ここで放尿して引き返していた。タクシーに戻ってふたたび進めてもらった。しばらくして車が右へ曲がろうとするから、ちがう、まっすぐだ、と訂正した。

「大谷と言わなかったですか」

「そうですけど」

「大谷ならこっちですよ」

運転手は車を止めたまま右の上のほうを指さした。緩い傾斜を持つ畑が広がっていて、その後方がかなり急な山になっている。雲が低いのでよくは見えなかったが、その山腹にもいくらかは人家があるようだ。そういえば畑らしい直線が何段か刻まれている。

「あの山の上ですか」

「下のほうも入るんじゃないかな。戦後の開拓部落なんです。上だとこの車じゃちょっと行けない」

「とにかく先に、もうすこしこの道を行ってもらえますか。それから引き返しますので」

五分足らずできのうの家に着いた。わたしはタクシーを待たせて坂を上がって行った。足跡がきのうのままだ。その上にわずかに新雪が溜まっている。状況としては雨戸が閉められているほか、きのうとほとんど変りなかった。しかし玄関の戸には外から南京錠《なんきんじょう》が下ろされていた。もっとも顕著な違いは、きのうはなかった表札がかかっていたことだ。それには坂倉と似ても似つかない姓が書き込んであった。きのうのうちに気づくべきだった。付近に印された足跡は、改めて見るといかにもわざとらしかった。ましてや屋根に積もっている雪は、これまでまだ一度も雪下ろしされたことのない量だった。

タクシーに戻ると、運転手の言う大谷へ向かってもらった。

「なんという家ですか」

「坂倉といいます」

「どこかで聞いてみますかね」

小さな丘のようなところをひとつ乗り越えると、山裾に点在している農家が見えてきた。それほど多くはない。山の上のほうにある家となるとさらに少ないようだ。その取りつけ道路らしい三叉路にさしかかった。枝分れした道は畑の中を百メートルばかり行ったのち山の中へ消えている。除雪された跡はあるが、かなり古いものだった。それが証拠にここしばらく車の入って行った形跡はない。

「この奥に発電所があるんですわ。その職員が、一週間か十日おきぐらいに交代するんです。そのとき除雪されるんですけどね。住民のほうは、冬の間山を下りてるんじゃないかな。もう三、四軒しか残ってないはずなんですよ」

近くで聞いてみよう、ということになってその先にある家へ向かった。運転手が車を下り、聞いてくると出て行った。この家には人が住んでいるという証拠みたいに、道路脇のガレージに車が入っている。ついている足跡も自然なものだし、なによりも雨戸が開いていた。

車に残っていると後で軽くクラクションが鳴った。振り返ると同じ道を軽トラックがやって来たところだった。タクシーが道を塞《ふさ》いでいるため間近まで来て止まった。運転手はまだ帰ってこない。わたしは車を下りた。

五十年配の男が乗っていた。短い頭髪がごましおで、顔はすすけている。毛の長い眉と丸いどんぐり眼がどことなくみみずくを連想させた。下唇の下にへの字型の皺《しわ》を寄せている。服装は分厚いジャンパー、それも相当くたびれた代物で、袖口がすり切れて穴が空いていた。わたしが会釈したものだから窓を下ろしてくれたものの、必ずしも好意的な顔ではなかった。

「すみません。坂倉さんの家を訪ねてきたんですが、教えていただけませんか」

「坂倉なら上だけどよ」わたしの風体を見据えながら手で山のほうを指さした。「いま誰もおらんはずだよ」

「いないとは、どういう意味ですか」

「坂倉の誰を訪ねてきたんだ」

「澄江さんです」

「おばあさんならいま高山の病院へ入ってる」

「どこの病院ですか」

「組合病院じゃなかったかな。孫の文恵が看護婦やってるから、そっちへ移ったはずだ」

「家はどこです？」

「ここからは見えん」男は振り返って言った。「あの道を上がって行くと、杉林を抜けたところで左に分れる。それを入って行った奥にある一軒家だ」

「澄江さんと孫の文恵さん以外人はいないんですか」

「息子がいる」

「博光さんですか」

「知ってるのか」

「一緒に働いてました」

わたしの顔を見ながらうなずいた。ごくわずかながら感情の揺れがあった。

「博光はなにしてる」

「元気ですよ。東京でやってます」

何も言わなかった。それから早く道を開けろと顎でうながした。運転手が戻ってきて車を動かした。わたしは軽トラックの男に礼を言ってタクシーに戻った。

「やっぱり山のほうですって」運転手が言った。

「そうらしいですね。いまの人にも聞いてみたんです」

「一昨日の雪が残ってるから、車高の高い四駆でないと入れないそうです。どうします？」

「かまわなければ待っていてもらえませんか。ちょっと行って来たいんです」

「いま誰もいないと言ってましたけどね。おばあさんが高山の病院にいるとかで」

「それは聞きました。ちょっとたしかめたいことがあるんです」

三十分もかからないと思うが、一度帰ってからまた戻って来てくれてもいいと言うと、運転手は待っていると答えた。それで三叉路まで戻って待たせ、わたしは歩きはじめた。

けっして歩きよい道ではなかった。勾配こそ緩かったものの足首まで埋まるくらい雪がある。この前の除雪車が入ってだいぶたっているようだし、一昨日の雪がそれだけ多かったということになる。そのうえ思いのほか距離があった。道が大回りしているからだった。杉林に入ると辺りが一挙に暗くなった。道路は一車線、けっして広くなかったが、カーブのところは拡張されて行き違いができるようになっていた。

上を見上げてうんざりした。十メートルばかり上にガードレールが見えている。しかしそこまで達するには、この道を百メートル以上前方へ行って、また同じ距離を戻って来なければならない。雪がなかったらまっすぐ登るのは雑作もないところだからなおさらだった。

それでも三回ほどじぐざぐを繰り返すと、高度が一気に上がってきた。杉林が終わって雑木林になり、道は山腹を右に巻きながらカーブしはじめた。左側に分れる小道が現れたのはその直後だった。下草のない雪壁が立ちはだかっていたから道とわかったものの、この雪が降りはじめて以来誰も足を踏み入れた形跡はなかった。

道幅は小型車がなんとか通れるくらい。路面のうねり具合からすると舗装はされていないようで、雪の深さは控え目に見て一メートルくらいあった。そこに立ったまましばらく周囲の状況と見比べていた。あいにく視界がまったく利かなかった。迷うてもひとり、あとどれくらい距離があるかもわからない。萎えそうになる気持ちを押さえて足を踏み出した。ひと足踏み出しただけで膝上まで身体が沈んだ。こうなるともう気力と体力だけ、思考はいらなくなる。わたしはやみくもに歩きはじめた。

これほどの雪の中を漕ぐのははじめての経験だった。スキーをはじめウインタースポーツはやらないから、雪の掻き分け方、いなし方みたいなものはほとんど知らない。しかし多摩で百姓をやっている関係上、山とのつき合い方なら知っている。だからこういう道に危険はないことや、前方がどんな展開になっているか、といったことならだいたい想像できる。だから不安は感じなかったものの、雪の中を歩くのがこれほど汗をかくものだとは思わなかった。わずか数百メートル歩いただけで、パーカを脱ぎ捨てたくなってしまった。

こんもりした笹藪《ささやぶ》に突き当たると、その奥に切妻の屋根が見えていた。道はまだ家の裏手を通って前方へ通じている。左の建物の方へ入って行った。門も門柱もない。二棟の建物が防風林の陰で雪に押しつぶされそうになりながら辛うじて立っていた。すでに一棟、倉庫らしいものがつぶれている。空き地でごみ焼却場の跡らしい傾いだ煙突や、耕運機の残骸が雪を直線的に持ち上げていて、そのほか何の跡かわからないコンクリートの塊もある。納屋は奥にあり、つららが格子か暖簾《のれん》のように垂れ下がっていた。別棟になった便所と風呂、井戸、その先に母屋がある。

これまで見てきたどの農家よりも貧弱な建物だった。平屋で、建坪が三十坪ぐらい。何度も手を加えたり改装したりした跡があって、本体は建築後ざっと三十年はたっているだろうと思われる。わずかな庭を置いて前が畑で、急斜面を利用した段々畑が七、八段下がってその先はもう見えない。高さの割りに視界はよくなく、道路の一部や若干の人家が見えているだけだ。南面に広がる幾重もの山波が、雪雲を這《は》わせ目の高さにうねっていた。

雨戸が閉まり、玄関のガラス戸に南京錠がかかっていた。表札はなく、お札や農協の組合員章やNHKの受信料払込証などが貼りつけられている。軒下伝いに家の回りをひと回りしてみた。台所にもうひとつの出入り口。軒下には薪《まき》が積まれている。凍りついている水溜め。水桶らしいものの廃物。防風林は建物の北と西を取り巻いており、二十年くらいたっている杉が五、六十本あった。林の下は笹で、落ちた雪が立たされた小僧みたいにあっちこっちで盛り上がっている。雪の重みに耐えかねて倒れた木が二本あった。防風林の外側に出ると、いまたどって来た道路になった。開かれた畑を割ってまだ先の方へ通じている。

その道をさらに五十メートルほど先へたどった。そして一段高くなった畑の中に、墓碑が立っているのを見つけた。墓石はひとつだけ。この数年来に建てた新しいもので、普通の墓石の半分ほどの大きさしかなかった。坂倉兼光、澄江の名が連名で彫り込んである。澄江の名には朱が入っていて、坂倉兼光は八年ほど前に亡くなっていた。墓石を立てたのは澄江である。残念ながら戒名は彫り込まれていない。

家に戻って玄関の南京錠を調べてみた。これでは金具ごと釘を引っこ抜くしかないと思って試しに力を入れてみたところ、あっけないくらい簡単に抜けた。見ると引き抜いた穴が大きくなっている。金具にはゆがみ。まちがいない。中に侵入した先客がいるのだ。バールのようなものを差し込んで掛け金を引き抜いていた。

戸を開けて家の中に入った。コンクリートの三和土につづいて座敷となっている。奥がカーペット敷きの台所。裏口の戸はすりガラスのはまった一枚戸で、中からねじ込み錠がかけてあった。履物があり、壁に雨具がかかり、食卓にはポットがのっていた。ビニール紐《ひも》にぶら下がっている洗濯挟み。置かれている食器。冷蔵庫のドアに貼りつけられているメモ。元は囲炉裏の切ってあったところに据えてある達磨《だるま》ストーブ。ハンガーに吊るされたままの袖なしセーター。すべてはこの家の主が、何日かのちにここへ帰ってくるつもりで出かけたことを物語っていた。彼女の意志や希望が、凍結された形となって残っているのだった。

冷たかった。寒気が感覚をしびれさせながら膝元から這い上がってくる。家の中と外の気温とが薄い戸一枚隔てて直結している。長靴を脱いで座敷に上がった。納戸や台所を除けば和室が二間あるきりの住まいだった。表の八畳間に炬燵《こたつ》が出ている。電灯のスイッチをひねってみたがつかなかった。水道の水も出てこない。ひとり電話が生きていた。受話器を取るとツーンという発信音が聞こえてきた。わずかに屋探しした跡が認められるものの、部屋は思ったほど荒らされていなかった。小簞笥《こだんす》の上に文恵と思われる女性の写真が飾ってあった。看護婦姿で、卒業時の記念写真だろう、後に看護学校の看板が見えている。奥の間の中央で仏壇を見つけた。扉を開けると、金塗りの位牌がひとつ安置してあった。坂倉兼光の位牌にほかならない。わたしが預った位牌の戒名とはちがっていた。

引出しや戸棚に残っているメモを中心に、澄江の入院先を調べた。薬袋をいくつか見つけた。それによると坂倉澄江はこの一年いくつかの病院で診察してもらっている。組合病院のほかに市民病院の薬袋もあった。孫娘の文恵は、昨年の春ディズニーランドから澄江に絵はがきを出していた。病院の仲間との小旅行らしく、とても楽しいと書いてある。旅先だから住所はなかったが、勤めている病院はほぼわかった。澄江がその病院へ転院を希望していて、間もなくそれがかなうだろうと力づけてあった。

長靴を履くと外に出て、鍵のついた釘を元通り差し込んだ。時計を見る。十二時が近かった。タクシーには三十分で帰ってくると言ってきたが、かれこれ一時間たとうとしていた。帰りかけてふと顔を上げると、下の道路を走っている一台の車が目に止まった。アイボリーの車体にブルーの帯、屋根の標識灯、見まちがいでなかったらわたしが乗ってきたタクシーだった。それも古川の方へ走って行く。タクシーだから同じ会社の車が通りかかったということはあり得るにしても、それにしては偶然がすぎる。二十分走って車一台出会うことすらまれという、きわめて交通量の少ないところだからだ。しかもほかに道はないから、わたしがまだ山から下りていないことは知っているはずなのだ。

急いで道を引き返した。歩きはじめて数分、元の道路へもうすぐというところまで来て山間にこだましてくる車の音を聞いた。ガソリン車より甲高く聞こえるエンジン音はディーゼル車のものにちがいなかった。身を屈《かが》め、下に広がっている杉の林を透かして見た。黒ずんだ木立の間をほの白くかすめてこちらへ登ってくる車がある。ボディに白と紺のストライプが入っている。角張ったフロントマスクにフロントガード、いわゆるクロカン車と呼ばれる四輪駆動車だった。

見る間に距離が詰まってきた。車は二つ目のつづら折りカーブを向こうへ曲がろうとしている。前席にふたり乗っているところまではわかったが、リアシートまでは見えなかった。助手席に乗っている男が窓から身を乗りだすようにして指示を出している。その目は路上に残されているわたしの足跡を追っていた。

もう断定していいだろう。やはり帰って行った車はわたしの乗ってきたタクシーだった。いまこちらへ向かって来る連中が帰したのだ。わたしにはもう車が必要ないということだった。

左右の地形に目を配りながら道を戻った。坂倉の家の後を通り抜け、畑に出ると墓の横を通って上にたどりはじめた。逃げられるところがあるとしたら、それはいまのところ上しかなかった。緩い勾配を持ってひろがる畑の上に手つかずの森が見えている。その中に逃げ込んでしまえば、地理を知らないハンデが補えるはずだった。

急ぎはしなかった。判断を誤らない程度の力で歩を運び、かなりの高度を稼いでから振り返った。ふたつの人影が墓地のところまで来ていた。距離が百メートルあまり、この傾斜と雪を考えれば十分な差だった。右側にいた背の高い男がこちらを指さして何か言っている。指示された男が道を引き返しはじめた。車のところへ戻って行くらしく、すぐに見えなくなった。残った男が向きを変え、ゆっくりとわたしを追って来る。精悍《せいかん》そうな身のこなしに焦点が合って、すべては符合した。昨夜坂倉澄江と名乗って現れた女につき添ってきた男にほかならなかった。

狩りになってしまった。先に狩られたのが坂倉博光であることを、いまははっきり確信していた。その順番がわたしに回ってきた。これまでの先入観を捨て、自分の生存本能に賭《か》けなければならなくなった。わたしは進行方向を変え、畑を横に、できる限り早足で進みはじめた。まずい対応をしたかもしれないという考えが浮かんでこなくもない。これまでは腹の探り合いですんでいた。素知らぬ顔で挨拶していれば、少なくとも身の安全は保てた。今度はちがう。あの連中のしようとしていたことに、気づいてしまったことを向こうにもわからせてしまった。これからは斟酌《しんしゃく》なしの真剣勝負になる。

五

小さな墓地がひとつあって、周囲に荒れ野が広がっていた。その先に廃屋がある。崩壊寸前の母屋の屋根が、それとわかるほど斜めに傾いていた。納屋は完全につぶれていて、単なる不整地と化している。人が住まなくなったら何年でこういう姿になってしまうのか、その速度の予想外に早いことをわたしは知っている。周囲に広がる放置された畑が、もとの山林に返ってしまう日もそれほど遠いことではないだろう。

道に出た。だいぶ以前のものだが、除雪の跡が道路脇に残っている。緩い勾配とたっぷりの一車線、発電所へ向かっている道にちがいなかった。すぐ耳が車の音をとらえた。思った通り、わたしの行く手へ先回りしようとしている。間近いと見た途端、向こうの角からフロントマスクが見えてきた。わたしはためらうことなく、下の杉林めがけ身を躍らせた。向こうの計算している網の外へ出てしまうことが、この際絶対に必要だった。

六十度以上もある急斜面をもんどりうって転がり落ちた。それでもすぐさま起き上がった。反射的に上を見上げ、距離を測った。車が止まり、叫んでいる声が聞こえた。それはほとんど真上にあった。わたしは体勢を取り直し、躊躇《ちゅうちょ》なく坂を下りはじめた。

祖父が元気だったころ、冬山へ兎狩りに連れて行ってくれたことがよくある。それはスポーツというより動物性蛋白質《たんぱくしつ》を獲得する、わが家ではいちばん手軽で確実な方法でもあったのだが、山とのつき合い方を知ったという意味では貴重な経験になっている。わたしは植林された杉山がどういうもので、どういう地形につくられているか、林を下って行くとどういうところに出られるかといったことを知っているし、人間の出没する地形とけもの道の見分け方もつく。だから普通に追われた場合、そのいなし方や逃げ方なら知っているつもりだ。要は狩りを鬼ごっこにしてしまえばいいわけで、それなら絶対負けない自信があった。自由と優位とを失わず、逃げ切れるだけの自信を持っていた。

頭から雪をかぶった猪となって山麓へ出た。ただしそのまま道路には出なかった。道路と人家とを終始視界に納めながら森を横に下りて行った。その後車の音は聞かなかった。声も聞かず、人間の姿も見ていない。もうすこしで衝突しそうになっていた力と意志とが、ここでまた間隔を開けてしまった。そしてわたしはこの間隔を保っているかぎり安全だった。いちばん気をつけなければならないことは、知らない間に向こうから間を詰められることだ。そのためにもいまのところ森を出て行くわけにいかなかった。

目の前が切れて雪原に行く手を遮られた。森が切れて畑になっている。数百メートル山懐に食い込んでいるのだった。畑の中を横切れば、向こうの山中へ逃げ込むのは容易だった。しかし下の道路からの視線にさらされるかもしれなかった。目ざとい人間であれば、車高のある車の中から、畑を横切っている足跡のあることに気づくことはむずかしくない。結局それだけのことで、数倍迂回《うかい》しても山の中を行くことにした。

一時間が経過した。さほど疲労はしていなかったが十分すぎる汗をかいていた。汗の引いてゆくときに体温が奪われることは絶対避けたい。わたしは歩速をゆるめ、外気と体温とが釣り合うところまで運動量を低下させた。畑の中に一軒の小屋があるのを見つけたのはその直後のことだ。わたしは足を止め、身体が急激に冷えてゆくのもかまわず、そこから周囲を観察していた。

小屋というより屋根つきの資材置き場だった。押しつぶされそうになっている屋根が、蕗《ふき》の薹《とう》みたいにわずかに雪の上へのぞいている。積み上げてある廃材と、農器具にでも掛けてあるらしい青いビニール布とが見えていた。雨宿りすらできそうにない大きさと、風や寒気にはまったく無防備な板壁。それでもまだ五、六時間はこの雪の中に留まっていなければならないわたしには、夜汽車の明かりほども魅力的な、温もりに満ちた避難場所に見えた。わたしは決意し、身を屈めると這いつくばって小屋へたどり着いた。

もし藁《わら》のようなものでもあれば、中で冬眠しているマムシを追い出して潜り込もうと思っていた。ところが貧弱な廃材が積み上げてあるだけだった。青いビニールは使用不能になった発電機を包んだもので、毛布代りに身にまとうにはあまりにも油で汚れていた。その代り若干の、マルチ用ビニールが廃棄されているのを見つけた。苗を害虫や寒さから守るためトンネル状に掛ける細長いビニールのことである。それ自体はきわめて薄いものだが、身体に巻きつけると体温の奪われる速度を遅らせる効力はありそうだ。わたしはそれを二本の足にぐるぐると巻きつけた。そして廃材の上を均《な》らし、その上で横になった。

居心地はけっしてよくなかった。雪と身体をじかに接触させないですむのが唯一の取り柄だった。小屋からの視界もあまり利くとはいえない。しかし少なくとも人家のあるところから四、五百メートル離れていた。しかもその間一枚岩のような深い雪で満たされている。雪の中を泳いで追っ手が迫ってくるとしても、たどり着くだけでゆうに五分はかかることだろう。その間にこちらは逃げるという心づもりだった。

寒くはなかった。冷たくもなかった。感覚というものは制御できなくとも、それをほかのものに置き変えて自分を納得させることはできる。いまは時間との対決だった。逃げられるとすれば夜だけである。夜がふけるまで動けなかったし、また動くつもりもなかった。こうなれば我慢比べだった。こういう無為な時間を過ごす我慢比べなら、わたしは絶対人に負けない。これまでひたすら辛抱してきたし、それはいまでもつづいている。何に対して我慢しているのか、何と根気比べしているのかわからないまま、すでに三十二年という歳月を過ごしてきた。人と同じように生きられないから、人と同じことはできない。人の辛抱することならできないが、人のできない辛抱ならできる。いまはできる辛抱をしているときだった。

坂倉博光はあまり酒癖のいい人間ではなかった。はじめは陽気で気前のいい酒だが、ある時期を境にがらっと態度が豹変《ひょうへん》する。彼自身は適量を意識して飲むような人間ではなかった。しかし喧嘩《けんか》や口論こそすれ、いかに泥酔したからといって、冬の夜半に着ていたものを何もかも脱ぎ捨ててしまう性癖を持っていたとは思えなかった。しかし前後の状況から見るかぎり、凍死するのが当然という厳しい環境の中で彼は自分から裸になっていた。人に強要されて着ているものを脱ぐような男では絶対にならなかった。真冬の泥酔者が、暑いと錯覚して着ているものを脱ぎすて、凍死してしまう例はさほど珍しいことではないそうだ。先にも人気ロック歌手が同じことを演じて死んでいる。しかし坂倉までが同じだったとは、どうしても信じられなかった。

彼が自分の履歴を隠していたことは怪しむにたりない。まとまった金が欲しかったり、あるいはしばらく身を隠したり、何かから逃れる必要があったりしてこの世界に身を投ずる人間は、いまでもけっして少なくなかった。田舎から出稼ぎに来て独り暮しの気楽さに慣れ、そのまま郷里や妻子を捨ててしまう男も少なからずいる。何も新しい女ができたとか、博奕《ばくち》に明け暮れて文なしになったとか、もっともらしい理由は必要ないのだった。肉体労働に一日汗を流し、コップ酒を引っかけて酩酊《めいてい》の中に眠る、そういう生活に慣れてしまうと、欲も未練もなくなってしまいがちなのだ。一日一日が仕事場と宿舎との往復で完結してしまい、浮き世のしがらみや約束ごとなどどうでもよくなってしまう。坂倉博光がそういう人間だったとはいわないが、彼が周囲との係累を意識的に断っていたことはたしかだった。何となく重苦しいその雰囲気から、彼の場合は逃避であり、何かを避けていたのではなかったかと想像されるものの、こういう職場でそれは、本人の値打ちにいささかなりと影響を与えるものではないのだ。だからこそ人は、風に吹き寄せられるようにしてこういうところへ集まってくる。

すこしまどろんだ。すこし気短になり、すこし落ち込んで負けそうになることもあったが、何とか夜まで持ちこたえた。ただ時計を見る回数がだんだん頻繁になり、最後は秒針の代りに自分で数を数えていた。それでもあらかじめ課しておいた最低の基準だけは守った。夜九時、わたしはようやく小屋を抜け出した。それまでは何があっても動くまいと思ったそのぎりぎりを、たったいま満たしたところだった。

空の一部がわずかに白んでいるだけで月は見えなかった。風はなく、気温も安定していて氷点下三、四度くらい。動いているものは自分の吐いている息しかなく、聞こえてくるものは自分の息使いしかなかった。目が慣れて地上に落ちている自分の影がはっきり見える。五体は正常に機能しており、動きは狐のように敏捷《びんしょう》だった。その肉体を恃《たの》んで道路に出た。前後を透かし見て位置の確認をする。古川方向へ四、五キロは戻っていると思ったのに、実際はその半分も来ていなかった。

歩きはじめた。計算では三時間もあれば古川へたどり着けるだろうと思っている。行く手を遮るものがなかったらの話である。行く手を遮るものはある、というのがもうひとつの計算だった。すこしでも疑問を感じたら道を迂回する。三時間という計算はたちまち五時間に変更された。

見通しの利く小高い畑の上だった。下に道路を見下ろしている。数軒の人家と、T字路になった道路とが見えている。昨日車に乗せてきてもらった道と、今日古川からタクシーに乗ってきた道との分岐点だった。誰もおらず、何も動いていなかった。しかし待ち伏せするとしたら絶好のところだ。何らかの予感のようなものが、そこを避けて通るようわたしを促した。わたしは畑を迂回し、急坂の下に出て川に突き当たった。

昨日たどってきた川の上流に当たっていた。護岸のまったくない自然な流れで、水量に比べて川床が広い。岩を拾えば濡れずに渡れるところがあるはずだった。地形を見ながら数十メートル下りかけ、そこで雪の中へ突っ伏した。道路脇の川床に、車が止まっていたからだった。見まちがうはずはなかった。昼間のクロカン車にほかならなかった。マフラーから排気ガスが出ている。あのまま道路を進んでいたら、川の瀬音にかき消されてエンジン音に気がつかなかっただろう。道路からは見えないところに潜んでいたからだ。

さらに迂回するには立ちはだかっている山が大きすぎた。手近なところは崖《がけ》になっていて、それを登るには三日分の休息とひと抱えの食料が必要だ。それを取ったり食ったりしている暇がなかった。わたしは古川へ出ることをあきらめ、きのうと同じコースをたどって村へ出ることにした。

歩くことだけを考えたら、距離は長かったがこちらの方が楽だった。勾配が緩い上、そのほとんどが下りになる。つかず離れず川が平行しているものの、その音に隠れて車の潜んでいられるところも限られていた。そのところどころさえ気をつければ、かなりのハイペースで距離を稼ぐことができた。事実村の中心部近くまで、わたしは何の障害もなく一気に歩き通すことができた。

見覚えのある建物が見えてきて立ち止まった。除雪センターの文字が何とか読めた。車庫と倉庫らしい付属の建物、それに広めの駐車場が付属していて、夜間は無人である。山の下の道路脇に設置してあるため、周囲に人家は一軒もなかった。車庫はスレート葺《ぶ》き片流れ屋根の構造で、除雪車が四、五台入る間口を持っている。シャッターは下りておらず、ブルドーザーが一台駐車場にそのまま置かれていた。もう一台普通乗用車の頭部が、車庫の向こうからのぞいている。

左右の狭い山間だったので、川の水音がけっこう高くこだましていた。万一のとき身を隠せるぎりぎりのところまで近寄って、耳をすました。そしてここでもエンジン音を確認した。わたしは自分の用心深さと勘のよさを呪いながら、そこから山を登りはじめた。今日経験した山の中で、角度としては最も急な登りだった。安全が保証されるなら、転がり落ちたほうがましだと思われるような急な下りだった。除雪センターを百メートルやりすごしてふたたび道路へ下りたとき、わたしの体力はもう二本の足で身体を支えられるほど残っていなかった。呼吸を元に戻すだけで十分から時間が必要だった。その間道路縁にうずくまって地蔵のように動けないでいた。ようやく歩きはじめた。時計を見るともう十二時半になっていた。

村の中心部に向かう橋へたどり着き、はじめて街灯を見た。民家のいくつかには灯がともっている。橋を渡ってある程度行ってみたが、公衆電話らしいものは見えない。それでまた引き返し、駅の方へ向かった。道筋に連なる屋並がつながれた貨車のように静まり返っている。裸電灯の街灯が二つあって、光の届く果てに駅の小さな跨線橋《こせんきょう》が見えていた。

スナック『めぐみ』の明かりは消えていた。どこから入って来たのか、その向こうに大型乗用車が一台止まっている。岐阜の三《スリー》ナンバーで、ボンネットの上にスリーポインテッドマークが輝いていた。店のドアを押したが開かなかった。「ごめんなさい。今日はもう看板なんです」めぐみの声が聞こえた。黙って裏に回った。こちらには鍵が掛かっていなかった。

わたしを見て菅原めぐみはカウンターの中で棒立ちになった。一瞬わたしの頭の中の画像も真っ白になった。男がひとりスタンドに腰を下ろしていた。ボトルと水割りグラスがカウンターに置かれている。異分子の闖入《ちんにゅう》。ふたりの間にあった微妙な均衡が瞬時にしてくずれた。

「あら、あなただったの。いらっしゃい」

めぐみがぎこちない声で言った。多分に条件反射的で、言葉とは裏腹に取り乱し、顔に血が昇ってゆがんでいた。息苦しそうに浮かべたつくり笑いは極度に緊張していて、驚愕《きょうがく》の表情とほとんど変わらない。わたしは左の端まで行ってカウンターに腰を下ろした。テーブルに腕をのせる。斜めに向かい合って、男とはじめて視線を交わした。

四十半ばくらいだった。いくらか面長。理性的で沈着ともいえそうな相貌《そうぼう》である。色が白くて目が切れ長、形のいい口許《くちもと》は引き締まり、鼻筋が通りすぎるほど通っていた。頭髪はそれほど豊かではなかったが、額を出してきちんと七三に分けている。服装はスーツ、ワイシャツ、ネクタイの三点セット。きわめて重厚、きわめて高価と、一目でわかる代物だった。わたしが入って行ったとき一瞬緊張を見せたものの、つぎからはおだやかにこちらの視線を受け止めた。強引に押し入ってきたわたしに、非難、怒り、動揺めいた色は兎の毛ほども見せていない。あくまで冷静にわたしを一瞥《いちべつ》し、それからめぐみの方に顔を向けた。彼女の表情に気づいて軽い戸惑いを見せ、それからあるかなきかの微笑を浮かべた。ごく些細《ささい》な計算ちがいのようなもの、それでもそれとわかるほど露骨な態度は見せない慎み深さと誇りとを身につけている。寛大で、鷹揚《おうよう》で、しかしどんなときでも忘れはしない計算高さ。男はうなずくと視線を戻してグラスに手を伸ばした。中指にシルバーのリングが光っていた。ボトルはシーバスリガール。灰皿には茶色のフィルターのついた煙草が二本突っ込んであった。

「それじゃ、ぼくはそろそろ失礼しよう」グラスを飲み干すと言った。

「そうですか。どうもすみませんでしたね」めぐみが答えた。感情のこもっていないぎくしゃくした声だった。彼女はカウンターを出てくると、男の後に回ってコートをさしかけた。「書類の方は今週中にそろえますから」

「あわてなくてもいいよ、まだ時間はある」男が満足そうに答えた。

めぐみが表のドアを開け、ふたりは外へ出て行った。挨拶を交わす声が聞こえ、それから車の出て行く音がした。戻って来ためぐみがドアに施錠した。つづいて裏口の掛け金もかける。彼女はカウンターの中に戻ってきた。男の飲んでいたものを片づけはじめる。顔を伏せていた。シーバスリガールのボトルには何も書かれていなかった。

「邪魔するつもりはなかった」めぐみの手元を見ながら言った。「電話を借りたかったんだ。ついでにすこしからだの中を暖めたかった。今夜の宿を見つけなきゃならない。身体は冷え凍っている。人の立場や思惑を考えている余裕がなかった」

「気にしなくてもいいわ。わたしが悪いんだから」顔を上げると言った。心持ち顎《あご》を引き、うるんだような目を向けている。「本当に誰にも入ってきてもらいたくなかったら、裏口にも鍵を下ろしておくべきだったのよ」

「誤解されたかもしれない」

「そんなことないと思うわ。いい人よ。親切で、面倒見がよくて、穏やかで。怒ったり、声を荒げたりしたことは一度もない人よ」

今夜は黒いとっくりセーターを着ていた。化粧は唇を強調した程度。髪が濡れたような光を放ち、目の下に表情の陰影のようなものが集まっていた。押さえ切れずにこぼれ出したものが目に宿っている。腕を組むと、細くて長い指がセーターの中で独自の生き物みたいにうごめいた。

「なにもまちがってないわ、あの人は。自分に都合がいいように、勝手な解釈をしていたのはわたしの方なのよ。こんなところへ逃げて来たのも自分のせいなら、蟻地獄にはまった蟻みたいに逃げ出せなくなっているのもわたしの自業自得。たしかに約束していたわけじゃないんだもの。契約書を交わしていたわけじゃないのよ。そんなことは言ってない、と言われたらお終《しま》いのことなのよ」ヒステリックな口調ではなかったが、言葉がとめどなくあふれ出しそうだった。そばにいる相手が誰であれかまわない演説。「もっと自分のことを冷静に考えてみるべきだったわ。自分が何様なのか、それほど特別な女なのか、人とどうちがうのかってことをね。自分がどこの馬の骨だかわからないなんてことは、屈辱以外の何ものでもないと思ってることがそもそもまちがいなの。客観的な判断も下せないくせに、ちがうわ、わたしはもっと大事にされていい女だわ、という望みにすがりついているだけ。ただの女、ただの馬の骨だってことを、どうしても認められないの。ちょっと考えてみればわかりそうなことなのに。いつもこうなのよ。性懲りもなしに何度でも同じことを繰り返しているの。苦い経験がすこしも薬になってないのよ」

わたしの視線を挑発的に跳ね返してきた。口許が押しつぶされ、いまにも泣きだしそうな顔だった。指がことさら白く見える。身体がわななきそうになるのを必死に押さえている。わたしは目を逸《そ》らし、カウンターの上に立てた肘《ひじ》に顎をのせた。彼女を無視する。

「ごめんなさい」めぐみがわれに返った声で言った。「どうかしているわ。昨日会ったばかりの人に愚痴をこぼすなんて」

彼女は後に手を伸ばした。棚から国産ウイスキーのボトルを取り上げると、水割りをつくりはじめた。小皿にナッツとあられを盛った。

「何もないのよ。今日はお店、休んじゃったの。昼すぎまではそんな気全然なかったのに、どうしたのかしら。全然やる気がなくなってしまって」

「今夜、晩めしを食いに来ると言っておくべきだったかな」

「つくろうか」ぱっと笑みを浮かべて言った。「材料ならあるのよ。ご馳走《ちそう》するわ」

「いいよ。冗談だ。暖めてもらうだけでいい」

「また来てくれるなんて思わなかったわ」気弱に笑って見せた。無意識の媚《こび》が現れていた。「でも、嬉しいわ」

彼女は新しいグラスに氷を入れ、なみなみとウイスキーを注いだ。水をすこし。そのグラスを高く掲げると、ウインクして口に運んだ。スツールを引き寄せて腰をのせた。

「変なとこ見せちゃったわね。こう見えても割合用心深いほうなのに。はじめての人に弱みを見せたことってあんまりないのよ」

「馬が合ったんだろう。ぼくだってどっかの馬の骨だから」

「馬の骨同士ってわけね。それも悪くないわ。でも、どうしてまだいるの。昨日の用、終わったんじゃないの?」

「その用もあって寄ったんだ」

「用って、なあに」

「昨日の昼、車に乗せていってくれた男、何者だか教えてくれないか」

動きを止めてこちらを見た。「どうしたの?」

「知りたいだけさ」

「知らないわ。はじめて見た男よ。何かあったの」

「というほどのことでもないが、正体を知りたい」

空になったグラスを持って、めぐみはわたしを凝視した。しばらく、まばたきもしない。息を詰めたか、顔色がまたどす黒くなった。蓋《ふた》された唇。頬骨が飛び出したみたいに顔が険しくなった。

「わたしを疑ってるのね」

黙ってうなずいた。

「あの男とぐるだったと」

「そこまでは言わないが、昨日の男がすべてのはじまりだったことに変わりはない」

「じゃここへは、それをたしかめに来ただけなのね」口許がふるえた。

仕方がなかった。わたしは白馬に乗った王子でも背中に羽の生えたキューピッドでもない。うまい昼めしをご馳走になった。なかなか魅力的な女性だった。だがそれとこれとは別問題だ。「どうせこんな田舎へ流れついたみじめな女よ。そういう女が算盤《そろばん》ずくや欲得ずくでない親切をするなんて、とても信じられないというわけね。ふらりとやって来た旅の男は、いいカモだったというわけ。金を巻き上げるため、いいえ、もっと大変なこと、ばれたら政府がつぶれたり、国がひっくり返ったりするような大変な秘密を、その男が握っていたからなのよ。

わたしはそれを探り出すために派遣されてきた女スパイだったというわけ」

「無礼を承知で尋ねているんだ。あとで謝るべきことは謝ろうと思っている。だがあの男が何者なのか、誰ひとりここに知り合いのない身としては、ほかに聞いてみる人がいないんだ。教えてくれないか」

「知らないといってるでしょ。村の人全部を知ってるわけじゃないのよ。ここへ来てまだ三か月なの。商売だから人の顔は一度見たら忘れないつもりだけど、いままでに覚えた顔は全部で三十人いるかどうか。どこの誰か、自分の知り合いかどうか、なんてことはここじゃ問題にならないの。はじめての人でもついでがあったら用を頼む、頼まれた人は引き受ける、それが普通なのよ。タクシー代に三千円も四千円も使うくらいなら、そのお金で立派な夕食が食べられると思ったのよ。何日も食べられるとね」

「わかった。ぼくの早とちりだったらしい。謝ります。とんでもない疑いをかけて申し訳なかった」声を張り上げて言った。カウンターに両手をつき、頭をそこにすりつけた。

「いままで何時間も雪の中をさまよっていたんだ。それだけの覚悟と、耐えようという意志とがなかったら、行き倒れになっていておかしくなかった。はじめての経験だったんだ。これだけの雪の中で自分を試されていたのは。自分の内部から、凍りついた外気に負けないエネルギーをかきたてなければ、とても辛抱できなかった。そういうときいちばん簡単なのは、自分の不幸を人のせいにすることなんだ。そいつを怨《うら》んだり憎んだりすることで、消えそうになる命の火をなんとかかきたてる。怒りでふるえていることが、冷たくてふるえていることを忘れさせてくれる唯一の方法なんだよ。さっきまでのぼくにはそれが必要だった。きみをおとしめるつもりは毛頭なかったが、ぐるだったかもしれないと疑うことが、ここまでたどり着くためには絶対必要だったんだ。悪かった。謝ります。昨日ほど人から親切にされたことはないのに、何という人でなしのことを考えたのだろう。恥ずかしい。この通り、心から恥じている」

めぐみの視線と肩の揺れとを真正面から見据えながら言った。唇の薄い、繊細だがどこかもろそうな表情の向こうに、彼女がこれまでたどってきた集積のようなものがのぞいていた。それは多分に酷薄で、非情で、無感動的なものだった。しかしそれと同じものが、わたしの内側にも貼りついていることを同時に意識していた。わたしとこの女とは、根が同じだということだ。誰にでも手を差しのべられるわけではないという言い方をすることもできる。意識するとしないとにかかわらず、人間というものをいつも選別の対象としているのだ。わたしたちはにらみ合ったまま、長いこと黙っていた。時間と冷却。自分の感情を押さえ、多少なりと相手の気持ちを思いやるまでにはそれだけ時間が必要だった。

「わかったわ。もうやめましょう、こんな話」めぐみのほうから言った。「いくら言い合ったって、最後は自分の身に返ってくるだけよ。考えてみると、頭から湯気を出して怒鳴るほどのことじゃなかったわ」

「きみがそう言ってくれるならやめるよ。ぼくだって大きな声を出すのは好きじゃない」

「あなた、相当な石頭ね。融通が利かなくて、真正直すぎるわよ。もしわたしを疑ったとしても、もうちょっと上手に探ったらどう。疑わしかったらなおさらそうじゃない。いきなり要点を切り出すなんて、警察のやり方と一緒よ」

「あとで後悔したり自己嫌悪に陥ったりするのがいやなんだ。でもよかったと思っているよ。ここに立ち寄っていなかったら、いつまでも同じ疑いを引きずっていたと思うから」

「いいわ。忘れましょう」めぐみはきっぱりと言った。「わたしも過去を振り返るのは嫌いなの。とくに楽しくない過去はね。未来に希望を持つだけでいいじゃない。わたしたちの未来に」

新しい水割りをつくってグラスを合わせた。乾杯しましょう。動悸《どうき》を早めていた分泌液が眠りにつくかのように引いてゆき、代って胃の吸収しはじめたおだやかな温《ぬく》もりがじわじわと身体に浸透してきた。心臓が鼻歌をうたいはじめている。きわめて上機嫌、きわめて高揚、口許がゆるんできた。めぐみの目許もピンク色になっている。わたしの頭に血が集まってきた。

「全身から湯気が出ているわ」

「発散しなきゃならないものが山ほどあるんだ」

「寒いの？」

「だいぶ楽になった」

「うちへ来る？　お風呂と暖かいものをあげるわ」

一瞬火花が散った。めぐみの赤い唇を見た。

わたしは首を横に振った。「明日は朝が早いんだ。しかも高山市内に用がある」

彼女はさりげなくうなずいた。しかし艶やかだった表情は消えた。目を伏せると口許が引き締まった。わかっている。いまの言葉はほんの思いつきで言ったのではなかった。めぐみは自分の言葉に傷ついていた。

「また来るよ」

彼女の顔に自嘲《じちょう》的な笑みが浮かんだ。「そう」と言いつつ流しの上にグラスを置いた。「また来る機会があるみたいな言い方ね」

「そのつもりだよ」

彼女は椅子から下りてくると近寄ってきた。わたしにではなかった。電話をかけるためだった。「タクシーを呼ぶんでしょ」電話帳を開き、ダイヤルしはじめた。もうわたしとは目を合わせようともしなかった。

「十五分で来るって」

受話器を置くと流しに戻り、まだ半分以上残っていたグラスの中味を空けた。彼女は洗いものをはじめた。タクシーは十分で来た。しかしわたしには　時間にも感じられた。ストーブがぼうぼうと燃え盛っていたのに、わたしはまた冷え凍っていた。

わたしは立ち上がった。

「いくら？」

「三千円」

金を払った。

「じゃまた」

「おやすみなさい」

彼女はわずかに顔を上げて答えた。それがわずかな慰みだったとはけっして言えない別れだった。また会う機会があろうとは百に一つも思っていない。自分でドアを開け、わたしは孤独と雪の中へ舞い戻った。いつの間にか、空が低くなったかと思えるほど星が出ていた。

六

雪が解けはじめていた。空の三分の二が青い色で満たされ、おだやかな日差しが雪の上に舞い下りて透明な光を放っている。背筋にその温もりを感じながら十五分ほどの道のりを歩いた。坂倉文恵のアパートを訪れるためだった。じつは九時すぎに彼女の勤めている市民病院へ行っている。ところが夜勤明けで帰った直後だった。帰りついたころを見はからって電話すると、部屋の掃除をしたいからすこし待ってくれと言われた。それでホテルに帰って、出直してきたものだ。文恵の口調の重かったことが気になっている。警戒されたとは思わないもののの、どこか構えたものが感じられた。やむを得ない。わたしだって気のすすむ用件ではない。ついでにいうと、坂倉澄江には会えなかった。彼女はＩＣＵに入っていた。眠っている姿をガラス窓越しにながめて引き返してきた。

新興住宅地にあるごくありふれた長屋式のアパートだった。市内を二分する川を渡り、城があったという山裾《やますそ》を迂回して西に向かう。小さな街だから市内を出外れたところといってよかった。駐車場つきのアパートだった。しかし車は一台も見当たらず、文恵のものではないかと思われる自転車が廊下の柱に鎖で止められていた。

ノックに応えて出てきた女性は小柄で、まだ少女といったあどけない顔をしていた。背丈がわたしの肩くらいまでしかない。坂倉博光には似ていなかった。顔が小さく、どちらかといえば古風な目鼻立ちで、頬と唇の赤いところが何となく雛《ひな》人形を連想させた。パーマをかけていたがあまり似合っているとはいえなかった。童顔をむりやりくずしている感じがするのだった。

「先ほど電話をした鈴木です」わたしはドアから一歩身を引いて名乗った。

「汚いところですが、どうぞ」どことなく老成したものの言い方だった。はじめからあきらめているような雰囲気が漂っている。

その理由は一間しかない部屋に通されてわかった。小ぶりの洋箪笥《ようだんす》の上に白木の箱が載っていたのだ。ガラスコップに心ばかりのパンジーが生けてある。見まちがいでなければ、これは遺骨にほかならなかった。

「これはどうしたんですか」思わず固い声になって尋ねた。

「一昨日、受け取りに行ってきました」

「横浜へ？」

振り向くとこくんとうなずいた。

「警察から知らせがあったんですか」

「はい」

「どうしてわかったんだろう？」

「指紋でわかったんだと思います」

わたしはこの若い女性の顔を改めて見つめた。おだやかな話ではない。指紋で身元が突き止められたということは、警察が坂倉博光の指紋を持っていたということになる。しかもこの娘はそれを知っていた。

坂倉文恵は口許を強く結んでわたしの視線を受け止めた。伏し目になるのを押さえている。細長い目で、間隔がやや開いていた。薄化粧しているがこれもあまりうまくない。そばかすを隠しきっていなかった。年は二十をわずかにすぎたところだろうか、顔だけだったらまだ高校生で通りそうだ。ベージュ色のセーターを着て、洗いたてのジーンズをはいていた。マニキュアはしていない。

「会社の方には寄りましたか」

「いいえ。日帰りだったので時間がなかったんです。おばあちゃんの具合もよくなかったし、この間代休取ったばかりだったので、ちょっと休みにくくて」

線香の用意はなかった。わたしは遺骨の前に行って手を合わせた。

しばらくの間黙禱《もくとう》していた。しかし祈るべきことは何もなかった。わたしの中に占めている坂倉はきわめて小さい。彼に見込まれたことをいまでもどこかで腹立たしく感じていた。

外で車のクラクションが鳴りはじめた。言い争う声がする。窓のところに行ってみると、通りかかったトラックが、駐車している車に道を空けろと催促しているところだった。アパートの前の細い道で、農業用水が平行しており、すれ違うほど余裕はない。駐車していた車が不承不承という感じで出て行った。

「お父さんがどういう事故で亡くなられたか、警察で聞きました?」

文恵の方に向き直って聞いた。

「はい」

「お気の毒だけど、作業中の事故ではなかったので、労災の対象にはならないそうです。しかし今月働いた給料がいくらかあるようですし、仲間の出し合った香典もあります。帰ったら、あとで送ってあげるよう手続きしましょう。あいにくぼくには、それくらいのことしかしてあげられない」

「すみません」

「それからお父さんの遺品は何も残っていません。着替えや身の回り品がすこしあったようだけど、まちがえてほかの人が持って行ったようなんです」

「いりません」

目を伏せたまま言った。手を前で組み、わたしと同様文恵のほうも突っ立っている。その姿勢には反抗というほどではないにしても、かたくななものが現れていた。

八畳大のワンルームだった。床がフローリングになっているのは若者を狙って建てたものか。色彩の基調も清潔感を強調した白が中心になっている。壁に寄せてシングルベッド、横にほぼ全身の映る大きなドレッサーが据えられていた。組立本棚に収まっているのは十四インチテレビとCDカセット一式で、蔵書が数えるほど。何点かの小説と、銀座や食べものの特集をした雑誌が何冊か、看護婦の機関誌らしいものも見える。家具は一通りそろっていたが、彼女の持っているCD同様さして多くはなかった。暖房は温風式のヒーター。音の割りには空気は生ぬるかった。

また窓の外へ目をやった。先ほどトラックに追い立てられた車がふたたび戻ってきたところだった。今回は前を通りすぎて道幅がいくらか広くなったカーブのところまで行って停車した。用水の向こうは畑だが、あと数年でなくなってしまいそうなくらい家が立て込みかけている。車の中の人間は下りてこなかった。三ドアの小型車でナンバーは不明。何ともいえなかった。つけられはしなかったはずなのだ。今朝ホテルを出たときから、身辺にはそれとなく注意を払ってきた。

「座っていいですか」

文恵は黙ってうなずいた。ありがとう、と言ってわたしはヒーターの温風を受けるところに腰を下ろした。床へじかに腰を下ろすことになる。文恵がすみませんと言ってクッションを持ってきた。手製だろう、野菜のアップリケが施してあった。

文恵も向かいへ来て座った。彼女の方は正座だった。わたしは温風が彼女にも当たるようヒーターの向きを調節して言った。

「お父さんのことを聞いていいですか」

文恵はうつむいてはいと答えた。

「もうだいぶ会ってないみたいだね」

「五年になります」床を見つめて言った。「最後に会ったのは中学三年のときでした。看護婦学校に行っていたころ、帰ってきたことがあるみたいですけど、わたしは会っていません。おばあちゃんのところへは、ときどきお金を送ってきていたみたいです。わたしの学費だって、本当はお父さんが送ってきてくれているんだよと、おばあちゃんに言われたことがありますから。だからほんとはもっと感謝しなきゃいけないのに、わたし、父が亡くなった知らせを聞いても涙が出ませんでした」

「入院中のおばあさんは、お父さんの事故を知っているの」

「いいえ。このところずっと寝たきりですから。ときどき目を開いて、そのときはあれこれしゃべるんです。四、五日前にも雪が解けたらお父さんが帰ってくるよ、そろそろ退院する準備しなきゃって、そんなことを言ったばかりでした」

「本当に退院できそうなの」

聞くべきではなかった。膝の上に置いた文恵の手が握りしめられた。

「おばあちゃんが死んだときのために、泣くのを取ってあるんです」

「お母さんのことを聞いていい？」

「いやです」

その言葉の強さに押されてわたしはたじろいだ。

「ほかにご家族はいないんだね。もしおばあさんが亡くなったら、きみはたったひとりになるんだろう」

「平気です。淋《さび》しいと思ったことはありません。慣れてますから」

わたしはヒーターの吹き上げている青い炎にしばらく見入った。それから文恵に視線を移した。彼女は色白だった。自分というものにもうすこし欲が出てきたら、もっと美人になれるだろう。父親より母親の血をより受け継いでいるようだが、いまはそれに感謝することができないでいた。

「ぼくもひとりなんだよ」文恵の横顔に目を止めていった。「十八のとき母が亡くなり、二十一のとき父が死んだ。右を向いても左を向いても、家の中にいるのはぼくひとり。残されたとは思わなかったが、自分の居場所がない感じだった。しばらくの間はどうしようもないほど淋しかった。日々の目標のようなものがなくなる。悲しみや孤独は大きな波で押し寄せてくるのに、喜びはいつも中途半端なんだ。自分の気持ちを誰かに伝えられないとはどういうことか、そのとき身にしみてわかったように思う。嬉しいことがあったって、そばに誰かがいなきゃ喜びも成立しないんだ。何をやっても、何かが欠けている。何を感じても、それは十分な感じ方とはいえない。人間というものは、回りの人とのつながりがあってこそはじめて人間になれるのだと、そのときはじめて悟った。もっともぼくは意地っぱりだから、人前では一度も弱音を吐いたことがないけどね」

「…………」

「ひとりで生きて行くようになって十一年になる。いまではそれを長かったとか、特別なことだとかいうふうには考えていない。どういう条件であれ、それが最初から自分の置かれている立場だったと思うようにしてきた。ことさら惨めになったり、落ち込んだり、考え込んだりはしたくなかった。きっと慣れてしまったんだろうね。そのうち自分がひとりだということすら意識しなくなった。あるがままに生きる、自分にやましくなかったら、どういう生き方をしようとかまわないんじゃないかと思いはじめた。何かを隠したり、ことさら取り繕ったりしなくても、自分に正直になれたらそれでいいんじゃないかとね。でも、いまでもふっとわれに返るときがあるよ。夜ひとりでいると、無性に淋しくて、泣き出したくなるくらい心細くなってくることもある。泣いてもいいと思ってるんだ。たまたま泣かないのは、これまでほとんど泣いたことがないから、どうやって泣いたらいいのかわからないからだよ」

文恵はうなだれた。彼女は何かを押さえ、それに耐えていた。やがて押さえきれないものが涙になって膝の上へ落ちはじめた。

長い時間だった。窓から差し入ってくる陽が床の上で斜めになっている。病院の待合室にいたとき、この冬いちばんの快晴だという声を聞いた。春がどのような意味を持っているか、この土地に住んでみないとわからない実感が籠《こも》っていた。午後にはもっと気温が上がることだろう。どこかで滴り落ちている雪解け水の音が、ここに座っていてもはずむように聞こえていた。

飾り棚の上に写真が一枚立てかけてあった。家に残されていた写真と、画像はちがうものの同じとき写したものだった。コンクリートづくりの校舎をバックに、文恵と澄江のふたりが笑顔で収まっている。澄江は小柄な文恵よりさらにひと回り小さく、猫背で、頭髪が薄く、皺《しわ》だらけだった。それでも彼女は文恵より晴れがましそうな顔をして微笑《ほほえ》んでいた。締めた帯の位置がずいぶん上のほうにあった。

「ちょっと教えてもらいたいんだけどね。ぼく以外に、最近おとうさんやおばあさんを尋ねてきた人はいませんか」

「わたしのところへは誰も来ません」

「ということは、おばあさんのところへは来た人がいるということかな」

「先月、勝間田のおじさんがお見舞いに来てくれました。おばあちゃんもそのころはまだ一般病棟にいましたから」

「親戚の人？」

「ちがいます。父の、昔からのお友だちだと聞いています」

「どういう友だち？」

「高校のときのお友だちです。父が村を出て行ったあとも、近くに来たらときどき寄ってくれるんです。おじいちゃんが亡くなったあと、おばあちゃんのいちばんの話相手でした」

「親戚の人は？」

「いません。おじいちゃんとおばあちゃんは、もともと満州から引き揚げてきた人なんです。向こうで親しくしていた岡さんという人の世話で、とりあえずここに住みついて、世の中が落ち着くまで、しばらくようすを見ていようということだったそうですけど。まさかこんなところで骨を埋めようなんて思わなかったと、いつだったか笑って言ったことがあります。生まれはふたりとも東京なんです。でも家族はみんな戦争で亡くなり、ひとりも残っていません。お寺まで焼けてなくなったとかで、東京へ帰る気がなくなったのもそのせいだろうと思います」

「おとうさんはこちらにいるとき、どんな仕事をしていたの」

「いろいろです」

「いろいろとは」

「車に乗ったり、建設会社で働いたり」投げやりな言い方をした。そこにうしろめたさがあったのか、わたしの目を見るといくらかうろたえた。「若いころ、一時高山の桜町でクリーニング屋をやっていたことがあると聞いています。お店と設備を譲り受けて、自分で商売はじめたんです。母がまだいたころの話です。はじめは順調だったそうですけど、近所のもらい火で焼け出されて、それからは何をやってもだめだったとかで」

「勝間田さんは何をやっているんですか」

「下呂《げろ》温泉の長生閣というところで働いています」

「旅館の従業員？」

「はい」

名前と旅館名とをメモ用紙に控えた。

「ほかにどういう人と交際があったか知りませんか。どんな人でもいいから思い出してもらえるとありがたいんだが」

文恵は父親の交際範囲がごく狭かったことしか思い出せなかった。かろうじてもうひとり名前が出てきた。

「会ったことないんですけど、名古屋にいる長藤さんという人が、やはり昔の友だちだと聞いています。勝間田のおじさんも知っているはずです」

「その人も高校時代の友だちですか」

「そうじゃないかと思います」

「何をしている人？」

「知らないんです。おばあちゃんは知っていると思いますけど、うちへは一回も来たことありません。それでも毎年お歳暮を送ってくれていたんです。去年の暮れ、はじめて来なかったそうですけど」

「どうしてだろう」

「わかりません。何かあったんじゃないかと思います。わたしが高校に入学したとき、お祝いといって腕時計を送ってくれたこともあります」

「どこに住んでいるか、思い出せますか」

文恵は思い出せなかったが、腕時計をもらったとき、お礼の手紙を書いたことは覚えていた。名前は長藤徳夫。住所はたしか名古屋市中川区だったという。

「うちに帰ればわかるんですけど。104番で聞けば電話番号はわかると思います。おばあちゃんが一度、病院から電話したこともありますから」

坂倉の家には、交際のある人の住所録や、電話番号を書きつけたメモのようなものはなかった。わたしより先に忍び込んだ者が持ち出したのではないかとみているが、文恵に言うつもりはない。彼女が父親について知らないでいることは、知っていることよりましだとはとうてい思えないからだった。

十二時の時報らしいチャイムが外から聞こえてきた。わたしはトイレを借り、中で一万円札をティッシュペーパーに包んで、それを文恵にむりやり握らせた。ぶざまな対応だったが、まさか遺骨がここにあるとは思わなかったからそんな用意もしていなかったのだ。そのあと文恵の明日からの勤務スケジュールを聞いた。また尋ねて来る用があるかもしれない。そして位牌のことは一言もしゃべらず、彼女の部屋をあとにした。

アパートの前の道路に止まっていた車はいなくなっていた。駅までゆっくり歩いて行った。上三之町や宮川河畔の朝市にわざわざ寄り道した。後は絶対につけられていなかった。駅に着くと、名古屋行きの特急が三十分後だった。わたしはロッカーに長靴を放り込み、位牌はバッグに入れたまま下呂温泉へ向かった。

七

駅で電話してから旅館に向かった。勝間田義邦は電話口まで出られなかったが、職掌はボイラー室の主任で、いま館内のどこかにいるはずだと帳場が答えた。どういうわけか、駅の出口が温泉街と反対方向につけられている。徒歩でいま乗ってきた高山線のガードを潜り、飛騨川のほとりに出た。橋を渡るともう温泉街の真ん中だった。カラーブロックを敷いた歩道や行灯《あんどん》型の街灯が整備されている。設備競争が一通り終わったあとなのか、立ち並ぶホテルや旅館はみな新しく、みな瀟洒《しょうしゃ》で、目の玉が飛び出るくらい宿代が高そうだった。気温は午後になっても依然として高く、しかも風がない。雪も平地にはまったくなく、山の北斜面にうっすら残っている程度だ。

長生閣は高山方面に向かって町を出外れた高台にあった。入って行く道が急勾配で、歩いて来る客を想定しているとは思えない。坂の途中で振り返ると、町の全容が望めて景観だけは楽しめた。旅館の規模は中の上くらい、格もほぼそれくらいだろう、和風の旧館が正面にあって、傍《かたわ》らに装飾屋根を載せた九階建ての新館が建っていた。化粧タイルで仕上げたマンション風の外観がいかにも今風で、どうやら最上階に風呂がある。まだ客の着く時間ではないせいか、構内にはのんびりした空気が漂っており、玄関前に止まっているマイクロバスの中で運転手らしい男が二人雑談していた。ボイラー室を尋ねると、新館の地下だと教えてくれた。

地下といっても完全な地下構造ではなかった。建物が山の斜面を掘り下げて建てられているため、入り口よりフロアが低いだけのことで、前面には窓がついている。危険ですからこれより先へは立ち入らないでください、と書かれた立て札の先にコンクリートの狭い階段があった。それを下りたところに無愛想なスチールドアがあって、入り口になっている。ぶーんというモーターの唸《うな》り音が聞こえてきた。ねこ車が立てかけてあったり、建設資材の残骸《ざんがい》が積み上げてあったり、冷暖房器の屋外機が折り重なって並んでいたりして見られたものではないが、舞台裏はどこでもこんなものだ。ドアの前のちょっとした車寄せに重油を運んできたトラックが止まっていた。そういえば別ルートから上がってくる道が木立の下に見えている。

勝手に中へ入って行った。最初に出くわしたのがごみの集積場だった。脇に館内へ通じる階段があって、スチールの手すりが黒光りしていた。空気が淀《よど》んで数年入れ変わっていないみたいにむっとしている。その代りしあわせな気分になれるほど暖かかった。ただし窓のある割りに明るくない。ガラスを磨いた跡がまるっきりないせいだった。音を頼りにボイラー室の方へ近づいて行くと、板囲いをした詰め所があった。机が一つあって、ごみの中から選《え》り分けたとしか思えない漫画雑誌が何冊か積んであった。電話機、ノート、ペン皿、灰皿、十インチテレビといったものが主な備品。壁にメモがやたら貼りつけてある。左奥に畳二枚分の休憩所があり、焼きすぎたホットケーキみたいな色の座布団が二枚、思い思いの格好で寝そべっていた。

ボイラーの前の椅子に腰かけ、煙草を吸っている老人がいたから声をかけた。「勝間田さんですか？」

「いないかな？」老人は詰め所の方へ顎をしゃくった。考えてみれば坂倉博光の高校時代の友人が、こんな年のわけはなかった。

後で声がしたので振り向くと、階段を下りてきた男が何か言いながらこちらへ来るところだった。旅館のネームが入ったベージュ色のジャンパーを着ていた。頭には同じ色の作業帽。大柄のがっしりした体格で、顔はやたら凹凸があり、頬骨が尖《とが》るくらい出ていた。そのぶん目が落ち込んでいる。どうやら彼の方も、わたしを老人と見まちがえて声をかけてきたようだ。しかしそんなそぶりはまったく見せず、老人のところへ行くと改めて何か言いはじめた。部外者のいる前で口にするような言葉ではなかった。社長に対する悪口だったのだ。詳しい内容まではわからなかったものの、先代という言葉が何回か出てきたところをみると、最近経営陣に世代交代があったらしい。彼は今度の社長を若すぎるといって評価していないのだった。

老人はおざなりに相づちを打っていた。薄笑いを浮かべているが明らかに関心はなさそうだ。とうとう男は老人の態度にも腹を立て、憤然とした足取りでこちらへ戻ってきて詰め所へ入った。詰め所のガラス窓は慣れているとばかり衝撃に耐えた。わたしの姿は壁を這っているダクトほども注目してもらえなかった。

男は机の引出しから帳簿を取り出してつけはじめた。その背に頑固、融通がきかないと書いてある。老人が歯を見せてにやにや笑った。ごましお頭を二度手でなで上げた。

「間の悪いときに来たみたいですね」

「なに、あれが普通だよ」

仕方なしにガラス戸をノックして自分から開けた。「勝間田さんですか？」

男は一度顔を上げた。しかし表情も変えず帳簿に戻った。わたしは中に入り、後手に戸を閉めた。

「東京から来た鈴木と申します。高山の、坂倉文恵さんからお名前を聞いてうかがいました」

反応はない。電卓を取り出してはじきはじめた。それが終わるまで待っていた。彼は計算を終え、内線電話をかけて数字の報告をした。

帳簿と電卓をしまうと、煙草に火をつけた。ジャンパーの下はワイシャツで、無地の紺ながらネクタイも締めている。ズボンには研いだような折り目がついていた。

「さっき文恵に電話したところなんだ。おばあさんの容体を聞くつもりだった」煙草の煙を吐き出すとはじめてこちらに顔を向けた。目に怒りのような色が浮かんでいた。「どんな用件だ」

「では坂倉博光さんの話はお聞きになったんですね」

「それがどうした」

「あの人のことでいろいろ教えていただきたかったんです」

返事が返ってくるまで太陽が西から登ってくるくらい待たされた。

彼は挑発するような目でわたしを上から下まで見回し、それからそっぽを向いた。完全な無表情を決めこんでいた。先ほどの苛立《いらだ》ちや怒りは沈んでしまった。坂倉博光の表情と同じ性格のものをそこに見た。

「教えることなんかない」ざらついた声で答えた。

「高校時代からの友だちだとうかがっています」

「それがどうした。何年前の話だと思っている。もう五十三だぞ。三十年以上昔の友だちが、いまのおれにどんな意味を持っている」

「最近はお会いになっていないんですか」

「十年以上会ってないよ」

「しかし文恵さんから聞いた限りでは、勝間田さんはいちばんの友人だったように思いますが。何か隠さなければいけない事情でもあるんでしょうか」

「おい、えらくたいそうな口をきくじゃないか」口をゆがめると声を荒げた。挑発には簡単に引っかかるタイプらしい。「おまえさん、自分は何者だっていうんだ」

「失礼しました。坂倉さんと同じ職場で働いていた人間です。会社はちがいますが、知り合って二年になります。それほど深いつき合いをしていたわけではありません。たまたま顔を合わせる環境にいたと、ぼくのほうは考えていました」

わたしは坂倉博光と知り合ったきっかけ、彼とわたしの立場上のちがい、事件の経過などを説明した。彼は何の反応も示さなかった。厚い壁に向かってしゃべっているのと同じだった。住んでいる領域がちがうとしか言いようがなかった。言葉のちがう外国人が、それでもこちらの話を聞いてやろうとするほどの姿勢も見せてくれない。体毛の薄いすべすべした顔を、金属の光沢のように感じながらわたしはしゃべり終えた。

「すると、坂倉の死に疑問を持っているんだな」

「出かける前の坂倉さんから、頼まれごとをしていなかったら、そこまでは思わなかったと思います」

わたしは坂倉が出かける日の夕方のことを話した。

「何を預ったんだ」彼がはじめて興味を示した。

「それは申し上げられません。第三者には何の意味もない、ありふれたものとだけお伝えしておきます。隠さなければならない理由があると思ってください。これは娘の文恵さんにも言っておりません。おばあさんに渡してくれと、本人から念押しされたせいもあります。また何も知らない娘さんには、ことづけないほうがいいと思える理由が、こちらへ来て出てきたためでもあります。それで、いまもぼくが持ち回っています。本当は持て余しているんです。かといって、故人と約束した以上放り出すわけにいかない。ここへ来たのも、勝間田さんから話をおうかがいすれば、何かわかるんじゃないかと思ったからです」

建設会社に遺族だと名乗って遺品を受け取りに来た人間がいること、ここへ来てからその一味らしい人間に出会ったことを、昨日の経験談は抜きの抽象的な話にしてしゃべった。彼は何も言わなかった。韜晦《とうかい》のような表情の中にすべてを隠して反応はない。感情の抑制を自分の生地にまで高めていた。わたしは話題を変えた。

「昨日坂倉家を尋ねて行ったとき感じたことですが、坂倉さんに対する村の人の反応が冷たいというか、いまひとつ冷淡だったように思いました。どうしてでしょうか」

「おまえさんがよそ者だからだよ」彼は突き放すような口調で答えた。

「田舎の人間はよそ者には気を許さんのだ」

「それだけではないと思います。坂倉さん自身にも問題があったんじゃないでしょうか」

「坂倉だってよそ者なんだ」

「両親が引き揚げ者だったということですか」

「それもふくめて、何もかもだ」

「そればかりでなく、ほかにも何かあったはずです。じつの娘でさえ思い出したくないことが」

「おれは聞いたことがない」

とくにかばっている口調ではなかった。それ以前の段階で立ちはだかっている。他人に心を見せない方法としては、いちばん有効で楽なのかもしれなかった。相手を自分のテリトリーへ一歩も入れなければいい。彼に心を開かせるには、わたしの知恵や経験は二十年も不足していた。

「坂倉さんの奥さんはどうしたんですか。あの娘《こ》の母親です」

「だいぶ前に別れている」

「いつごろですか」

「十二、三年にはなるかもしれん」

「原因は何です」

「知らんよ。そんなことは」

「いまどこにいるかわかりますか」

「行方不明だと聞いているよ」

「長藤徳夫という人をごぞんじでしょうか」

これには反応があった。ほんのわずかだが、瞳孔《どうこう》が大きくなった。それでも頭蓋骨になめし皮をかぶせたような表情までは変わらなかった。彼は新しい煙草に火をつけた。

「長藤が何かしたのか」

「というわけじゃありませんが、文恵さんからお父さんの友だちで、ほかにだれか思い当たる人はいないか尋ねていたら、名前が出てきたんです。彼女は会ったことがないと言っています」

「長藤も高校時代の友人だよ。やっとはもう二十年以上会ってないな」

「名古屋にいるそうです」

「そうかい」

「坂倉さんと長藤さんとは、その後も交際があったんでしょうか」

「知らんな。文恵がそんなことを言ったのか」

「毎年暮れにお歳暮を送ってきたそうです。高校へ上がったときはお祝いの時計をもらったと言っています」

「おれだって鞄《かばん》を買ってやったよ」

「みなさんずいぶん仲がいいんですね」

「友だちの家族が困ってりゃそれくらいのことはするだろうが。自分の生活まで犠牲にしているわけじゃない。飲む酒を一回控えればすむことだ」

「誰もがそういう気持ちになれたら、この世の災いや不幸は消滅すると思いませんか」

怒るかと思ったが何も言わなかった。彼のかたくなさが、鈍感と隣り合わせになっていることをさっきから感じている。少なくはないタイプだった。坂倉博光にも似たような頑迷さがあった。

電話がかかってきて彼は受話器を取った。「わかった。いま行く」

受話器を下ろすと煙草をくわえたまま詰め所を出て行った。数分待っていたが帰ってこない。わたしは詰め所を出てボイラー係りの老人のところへ行った。彼は腰にぶら下げたタオルで顔を拭《ふ》いているところだった。配電盤の奥の壁に正月のしめ飾りがまだ残っていた。

「用は足りましたか」彼の方から言った。

「軽くあしらわれました」

「本当はそうでもないんだ」勝間田の去った方向へまた顎を突き出した。「気分の波が大きいだけでね。今日はまあ間が悪かった」

「勝間田さんはここで相当長いんですか」

「二十年ぐらいかね。わたしより長いけど、途中で二回辞めてるから」

「辞めたり勤めたりしているんですか」

「社長が太っ腹だったからね。喧嘩別れしても、詫《わ》びを入れるといつでも許してくれた。だが今度の若社長相手じゃそうもいかんだろうな。帰って来いなんて絶対言ってくれない。それでなくったって、おやじの息のかかった年寄りは煙たくってしょうがないんだから」まるで人の喧嘩を楽しみにしているような顔で言った。「どこから来なさった」

「東京です」

「それはそれは。今日はお泊まりかね」

「いいえ。これからまだ名古屋に用がありますので」

「だったらあの男と一緒に行けばよかった」

その意味がわかるのにいくらか時間がかかった。「名古屋へ行かれたんですか？」

「そのはずだよ。若社長と一緒の挨拶回りだから、あんたを連れて行くわけにはいかなかったかもしれんが」

彼が出て行ってもう五、六分たっていた。

「勝間田さんのお住まいはどちらです」

「この下の従業員宿舎だよ」

「ご家族は？」

「独りものだ。ああいう性格だと奥さんはいつかんよ」

上に戻ってマイクロバスの運転手に聞くと、五分ほど前、社長と一緒に名古屋へ出かけたという。腹も立たなかった。わたしの完全な負けである。それでまた歩いて駅まで戻った。

名古屋行きの特急を待っている間に、１０４にダイヤルして長藤徳夫の電話番号を尋ねた。彼は実在していた。教えてもらった番号にかけ直すと、娘か妻か、迷うほど若い女性の声が出た。

「長藤さんのお宅ですか」

「そうですけど」

「ご主人はいらっしゃいます？」

「主人は昨年亡くなりました」

長藤徳夫の妻美津子だと彼女は答えた。

八

想像していた以上に若い女性だった。どう見ても四十にはなっていない。何かを置き忘れてここまできたような子どもっぽさが残っており、三十代の前半だと言われてもおかしくない表情だった。考えてみると長藤徳夫の年だって知らないのだが、坂倉博光の高校時代の友人だとするとやはり五十二か三だろう。その妻としては気になる若さといわなければなるまい。

「主人のお友だちですか」

「はい。昔、お世話になったことがあるんです」

彼女の結婚生活はそう長くないはずだと見当をつけて答えた。その勘は部屋に通されて確信と変わった。家具や調度がすべて新しい。しかもその好みに、五十代の男の意見や嗜好《しこう》が働いているようには見えなかった。壁に掛かっている衣服の色使い、丈の低い洋風組立家具や応接セットの組合わせ、レースやクッションや置物類に至るまで、女性の独り住まいへ侵入してきたような目新しさがあふれている。長藤徳夫が住んでいたとしても、その痕跡はもう見つけることができなかった。

第一仏壇が置いてなかった。訪ねてきた以上礼儀だと思い、まず線香を上げさせていただきたいと申し出たのだが、彼女はそれをあっさりと「もう片づけてしまいました」と言ってのけたのだ。「つらいんですよね。思い出すだけだから」

丸顔で、目と口許の大きな、陽性な感じのする女性だった。ただしどことなくわざとらしいところがあり、根はもっと暗いのではないかと思わせるものがある。唇の均衡が左右わずかに狂っていて、それが外見の印象をだいぶ差し引いていた。化粧も濃くて、得しているようには見えない。身体はやや脂肪がつきすぎ。頰がふくらんで鼻より前へ出てしまいそうになっている。外出から帰ってきたところだったのか、イヤリングをつけていた。首にはゴールドのネックレスを二重に巻いている。妙にきらきら光るえんじ色のセーターと、黒いスカート、黒靴下という取り合せだった。

挨拶がすむと、彼女はソファの向いで足を組み、煙草を吸いはじめた。夫の知り合いと名乗っただけで、未知の男を中へ通した。そういう警戒心の乏しさと楽天性とが垢《あか》みたいにこびりついていた。場所は近鉄の八田駅から歩いて十分近く南へ下がったところ。低い屋並の広がる街の一郭に、一棟だけタンカーのブリッジみたいにそびえている大規模マンションの六階だった。建って五、六年というところだろうか、生活感と住人の若さとが渾然《こんぜん》と混じり合い、マンションのどこにいても子どもたちの声が聞こえてくる。窓からかすかに名古屋港らしいものが望めた。左側には貨物線らしい軌道が走っている。外の物音はあまり聞こえてこなかったものの、空気はどことなくざらついていた。

「話をうかがってただびっくりしました。あんな丈夫な人が、なぜまた急に亡くなられたんですか」

「ガス中毒だったんですよ。石油ストーブを一晩中つけていたらしくて、一酸化炭素中毒を起こしたんです」十年前を懐古しているような口調で言った。「現場事務所というんですか、夜になると誰もいなくなる小屋で、お酒飲んで寝込んじゃったらしいんですよね。もともとお酒は嫌いなほうじゃなかったんですけど、芸がないというか、ぐわーっと飲んで、ぐわーっといびきかいて寝ちゃうタイプなんです。一度寝ると朝までそれっきり。叩いたって踏んづけたって起きやしない人でしたから。アルミサッシのはまった事務所の中で、石油ストーブつけっぱなしにして寝込んだんだって、みなさん同情してくれました。前々から不完全燃焼を起こすことがよくあって、ストーブをつけているときは必ず窓の一部を開けておくように言われていた、いわくつきの事務所だというんです。そんなとこにひとりで残っていたというのが、運が悪かったといえば悪かったんでしょうけど、あの人、ふだん事務所の中にいるわけじゃありませんから、そんなこと知るわけないんですよ。せめてひとこと言っといてくれたら、もっと気をつけていただろうにって、わたしその意味じゃ会社が冷たかったことをいままでも恨んでます」

「警察の検証は行われたんですね」

「もちろん。一酸化炭素中毒にまちがいないっていわれました。わたしが病院へ駆けつけたときは、まだ顔なんかピンク色だったんです。一酸化炭素中毒になると皮膚の色が赤くなるんだそうですね」

「その現場事務所、どこにあったんですか」

「瀬戸のニュータウンです。五百戸ぐらいの団地ができるとかで、去年の秋から工事がはじまってました。主人がそっちへ行きはじめたのは十月に入ってからだったと思います」

「事故の起こった日はいつでした」

「十二月の十一日です。死亡推定時刻というんですか、実際の死亡日は翌日になってますけど」

「その日は長藤さんだけ現場に残っていたんでしょうかね」

「そうみたいなんです。何か用があって、ひとりで残ったというんですけどね。誰もその用というのは知らないんです。山の中の、プレハブの現場事務所が一つあるきりのそんな淋しいところでどんな用があったというんでしょう。主人ひとりが、事務所の鍵を借りて残っているんです。まだ時間があるから、とか言ったらしいんですけどね。みんなが帰るときは髭《ひげ》を剃《そ》っていたといいます。ええ、もちろんわたしもどんな用があったか、全然知りません。どこかに出かけるつもりで、事務所にはそんなにいるつもりなかったんじゃないでしょうか。ただ間の悪いことに、そのとき事務所にお酒が置いてあったらしいんですよ。もらったばかりの一升瓶が三本。それでつい一杯引っかけたんじゃないかって、みなさん言ってます。一杯が二杯になり、二杯が三杯になって、止まらなくなったんじゃないかと。一升瓶がほとんど空になってたそうですから。いい気持ちになって出かけるのが面倒くさくなり、そのままごろ寝しはじめたのかもしれません。おおかたそんなところでしょうね」

「そういうふうに遅くなることが、これまでにもときどきあったんですか」

「いいえ。仕事が終わったらまっすぐ帰ってきましたよ。仲間からつき合いが悪くなったって、悪口言われてたそうですから」何を思い出したのか、ころころという感じで笑った。「口数の多い人じゃありませんでした。わたしが気を利かして聞いてあげないと、お腹空《す》いたってことも言わない人でしたよ」

「その前後に、誰か訪ねてきませんでした」

え？　という顔をした。質問の意味がわからなかったらしい。

「誰か訪ねてきた、ということはありませんでしたか。亡くなられる前後に」

「いいえ。人づき合いはあんまり好きな方じゃありませんでしたから」

「しかしこういうマンションで暮らし、建設現場で働いているかぎり、ゼロということはないでしょう。誰だって一定の交際範囲とか、昔からの友だちとかいうものはあると思うんですが」

「そりゃすこしはあったと思いますけどね。でも結婚してからは誰もこの家に来た人いないんです。兄妹だってほかに三人いるのに、まったくおつき合いありませんでしたから。わたし、あの人の姉さんに、葬式のときはじめてお会いしたくらいなんです。同じ名古屋に住んでいてですよ。ほかの兄妹は来もしませんでした」

「結婚なさったとき、親族に引き合わされなかったんですか」

「ええ。何も」

「失礼ですけど、いつ結婚なさいました」

「去年の八月です」二十年も昔だったみたいに思い入れを込めて言った。しかし大きな目が瞬間ちろと動いて、わたしの反応をうかがった。

それで実際は自分の結婚のことをとても気にしているのがわかった。

「お互い初婚ですか」

「ちがいますよ。あの人もわたしも、二十代に一度結婚して別れています。そんなことはお互い気にしない、ということで結婚したんです」

いくらか開き直った口調で言った。それで気が楽になったのか、急ににこにこしはじめた。媚《こび》るような笑みを見せると「何か飲みます？」と立ち上がった。「ビールならありますよ」

言葉に名古屋のアクセントがまったくない。

「いえ、これからまだ人に会わなきゃいけませんので」

「あら、残念ね。わたし喉《のど》渇いたんだけど」

「じゃコーヒーいただけますか」

いいわ、と言うと台所に行ってコーヒー豆を挽《ひ》きはじめた。電動ミルとサイホンを使っている。彼女が席を立ったあとになって、香水のような甘ったるい匂いが漂ってきた。

「あの人とはどこで知り合ったんですか」

「同じところで働いていました」何となく落ち着かないものを覚えながらわたしは答えた。彼女の機嫌のよくなったのが解せなかった。自分の態度にそんな気を引くようなものがあったのだろうかと、首をひねっている。

「そういえばあなたにも主人と同じような雰囲気があるわね。口数、多いほうじゃなさそうだし。やっぱりこれやってたの」

両手を前後に動かして見せた。重機を操作するジェスチュアにほかならない。

「それもやります」

「東京ね」

「はい」

「じゃもう十年以上前ね。横浜のニュータウンで働いていたことがあるって言ってたから。おいくつ？」

「三十二です」

「あら、わたしの弟と同じだわ」

言葉使いまで変わってきた。悪くいえば馴れ馴れしい、よくいえば彼女なりの親しみを見せはじめた。わたしは彼女の手つきを見つめていた。特別変わっているわけではないが、万事に大まかだった。同時に二つも三つもの用はこなせないのではないかと思わせるところがある。こういう女性を愛らしいと受け止める男はけっして少なくなかった。

「お勤めですか」

「結婚する前まではね。家にいてもしょうがないからまた働きに出ようかと思ってるの。でもいま景気悪いから、わたしなんかのできる仕事があるかしらね」

入れてくれたコーヒーは意外とうまかった。腕ではなく、コーヒー豆の量で飲ませたからだった。ただし彼女にそういう自覚はない。

「おいしいでしょ。ブルーマウンテン使ってるから」ふつうの口調で言った。けっして自慢したわけではないのだった。

「長藤さんの友だちで、坂倉さんという人をごぞんじですか」

「いいえ、聞いたことないわ」

「勝間田という人は」

「はじめて聞くわね」彼女は新しい煙草に火をつけて言った。コーヒーカップに紅の跡がついていた。

「みなさん高校時代の友だちだそうですけどね」

「その人たちが言ったんですか」

「つき合いがあったみたいですよ。坂倉さんの家族のとこへ、長藤さんは毎年お歳暮を送っていたそうですから」

「高山でしょ。わたし、とうとう連れて行ってもらえなかったわ。下呂温泉も行ったことない」

「避けていたんでしょうか」

「さあどうかしら。田舎がいやで出てきたんだから、いまさら帰る気はないって言ってましたけどね。親でも生きてればなんでしょうけど、家を継いだ兄さんとはあんまり折り合いがよくなかったみたいです」

「高山のどこです」

「ずっと山の中ですって。開拓農の倅《せがれ》だって言ってました」

「すると、もともとの地元の人間じゃなかったのかな」

「そこまでは聞いたことありませんけどね」

五時になった。居間の壁を照らしている日差しが黄色くなった。すこし気温が落ちてきたかもしれない。そういえばストーブがついていていなかった。

「お天気さえよければ昼間はストーブがいらないくらい暖かいんです。わたし、寒がりだからとても助かるの」

わたしの気配を察したか、そう言うとストーブの火をつけた。長藤徳夫の勤めていた会社の電話番号を聞いて書き取った。

「このマンション、分譲ですか」

「ええ、中古を買ったのよ。あと二、三年待てばもっといいマンション買えるって言ってたんですけどね。その間の家賃払うのがもったいないでしょ。買い換えはいつでもできるし、景気の悪いいまが底値かもしれないからむりして買ったんです。あの人には気の毒したけど、結果としては大正解だったわ。この家を残してもらえただけでもありがたいと思わなきゃね」

さよならを言うと、いつでも遊びに来てよねと言った。彼女のお気に召したことはわかったが、それがどうしてなのかはとうとうわからなかった。多分彼女には新しい刺激と言葉が必要だったのだろう。わたしがそれを満たしていたとは思えないが、人畜無害の印象を与えたことはたしかなようだ。

九

荻原建設という会社に電話をかけ、長藤徳夫のことで話を聞かせてくれと言うと、無愛想だったがとにかく了承してくれた。それで名古屋駅から地下鉄に乗り、植田というところまで行って地上へ出た。日が暮れていた。郊外の新興地だった。道路を行き交う車の動きに街の勢いが象徴されているとでもいえばいいか、喧騒《けんそう》で、めまぐるしくて、活発で、誰もが追いたてられているみたいな早足で歩いていた。ただし裏道に入るとたちまちそうでもなくなってしまい、夜分歩くとみじめになってしまいそうなくらい暗くて静かだった。数分歩いて灯台みたいな光を放っているビルに突き当たった。四階建ての一、二階から放射されている光が百メートル先から見えていた。三、四階に小窓が並んでいるのは従業員の宿舎になっているのだろう。横にかなりの広さを持つ機材置き場があり、クレーン車やパワーショベルやブルドーザーが五、六台並んでいた。ボディに荻原建設と書いたマイクロバスも二台止まっている。ほかに自家用車らしい車が十数台。煙草と清涼飲料水の自動販売機も設置されていた。

ドアに書いてある荻原建設の金文字はまだインクが乾いてないみたいに新しかった。機材置き場のアスファルトも敷いたばかりだったから、事務所がここへ移転してきて間がないということのようだ。オフィスの中で待機している汗臭い男たちをのぞけばすべてが真新しかった。男たちは現場から引き揚げてきたばかりのようで、その数、十数人、何となくざわめいていて、煙草の煙がもうもうと立ち昇り、白い歯が見えている。その雰囲気に心当たりがあった。これから給料の支払いが行われるのにちがいなかった。

とりあえず中に入って案内を乞うと、正面のデスクに座っていた五十がらみの男が顔を上げた。社長の荻原らしい。頭が五分刈り、現場焼けした顔の大きな男で、顔の形が焼き栗を想像させた。ジャンパー姿だったが、ネクタイを締めている。傍らのデスクでは二十代の男が金勘定の真最中だった。

「先ほどお電話をした鈴木と申します」

「何だっけ？」

「長藤さんのお話をうかがいに来ました」

「ああ」浮かぬ顔をした。さっき電話口に出たのはべつの男で、社長の彼に念を押した上でオーケーの返事をくれたのだ。「保険屋さんかい？」

「いいえ。昔一緒に働いていた者です」

うなずきながらわたしの風体を観察した。しもやけ膨れしたみたいな右手の指にゴールドのリングが光っている。傍らには煙草が五つ積み上げてあり、灰皿が寿司桶みたいに大きかった。彼がデスクで広げているのは、わたしもふだん世話になっている赤表紙の積算手帳だった。

「ちょっと待ってくれるか」指で手前のコーナーにあるソファを示した。

腰を下ろすと、奥にいた男のひとりが湯飲みに入れたお茶を持ってきてくれた。手づかみで、薄いけれど熱いお茶が入っていた。礼を言って受け取ると、男は何か言いたそうに口を動かした。目の落ち窪《くぼ》んだ五十年配の男だった。着ているグレイの作業着に負けないくらい顔色が悪く、瘦《や》せて、上体がふわふわ揺れていた。頭も薄く、その埋め合せみたいに顎の回りの不精髭が濃い。「お待ちどうさま」金勘定をしていた男が大きな声を張り上げて言った。

社長の荻原が奥へ立って行き、ひとりひとりに給料を手渡した。数えてみると、金をもらった男は全部で十二人いた。全員が現場関係らしく、ほかに事務所の社員と思われる男がふたりいたものの、彼らがお相伴に預れたようすはなかった。男所帯で女っ気はない。荻原が何かしゃべるのかと思ったが、セレモニーらしいものはなく、給料の手渡しは事務的に行われて一、二分で終わった。受け取った側の声と笑いを最後に、彼らはすぐに席を立ちはじめた。

荻原は煙草を持ってこちらへ来た。背丈はわたしと同じくらいだったが、体重は百キロ以上ありそうだ。眉が太くて目玉が巨峰みたいに大きい。顔色は褐色で、歯が白く、何となく南方系の出自を思わせた。例えていえば縄文型タイプなのだった。

「徳と一緒に働いてたんだって」

「ええ。昔、横浜で働いていたときに。十年ばかり前ですけど」

「それで、何を聞きたいんだ」好意的でも警戒的でもない目。労働者としてのわたしを値踏みしていた。

「事故の模様をお聞きしたかったんです」

「ただの事故だよ。その点は疑問の余地がない」

「そんなにだらしない人じゃなかったと思うんですが」

「気に入らないのかい」煙草をくわえながらこちらを見据えた。声が低くてそれなりに貫禄《かんろく》はある。「おれも気に入ってるわけじゃないがね。それとも何か、思い当たることでもあるのか」

「そうじゃありません。今日久しぶりにこっちへ来たので、ちょっと寄ってみるつもりで電話したんです。そしたら亡くなったというのでびっくりして、とにかく一応事情を聞いてみたんですけどね。奥さんという人の話があまり要領を得なかったもので」

「あの女に会ったのか。しょうもない女だろ。徳をうまく取り込んで、いちばん得したのがあの女だよ。かといって、肝心の徳が承知で引っぱり込んだ以上、こっちがとやかく言うことはできないしな」煙草に火をつけると回想するような目つきになった。「換気が悪いから注意はしていたんだ。昼間はさ。回りに誰かいるからそんな事故が起きる可能性はない。それにあんな山の中だしよ。工事もはじまったばかりだったから、夜、誰かひとりで居残るってこと自体考えられなかったんだ。あいにくあの日は近くで建前があって、そのときもらった酒を三本、持ち込んであった。間が悪かったとしかいいようがない。徳を知ってりゃわかってるだろうが、酒が入るとなめくじに塩みたいな男になっちまうからよ。防ぎようがなかった。徳のために弁解してやることがあるとすれば、そんな酒を黙って飲むような男じゃなかったということぐらいだな」

「どれくらい飲んでたんですか」

「おおかた一本。最近めっきり量が落ちていたから、これはやっぱり飲みすぎだろう」

「ひとりで飲んだんでしょうかね」

「と思うけどな。誰かと飲んでいた形跡はなかった」

「しかし、その日は誰かと会う約束があって現場に残ったんじゃないですか」

「そうらしいんだけどさ。誰も見てないからわからないんだ。ひょっとすると相手が来なくて、それでつい酒に手を伸ばしたのかもしれん」

「するとどういう用件で残ったのかもわからないんですね」

「ああ、誰も聞いてない」

「ふだんは全員が一緒に帰ってくるんですか」

「一部の者をのぞいて、ほとんど全員がマイクロバスを使っている。

しかし徳はあの日、自分の車で来ていた。そして一時間ほど暇つぶさなきゃならんから、鍵を貸してくれと、うちの横山に申し出ている。どのみち翌朝はここへ来るわけだから、鍵を貸したって困りはしないわけで、不審にも思わず貸したんだよ。かといって貸したことを責めるわけにもいかん。髭を剃ってたってさ。みんなが帰ってくるとき」

「その車はあったんですね」

「あったよ」そう言っていくらか首を傾げた。「車に乗って一旦《いったん》出て行ったあと、また帰ってきたんじゃないかという声もあったけど、誰も見てないことだ。実際のところは何もわかってない」

「さっき保険屋かとおっしゃったのは、どういう意味ですか」

「保険屋が聞きこみに来たのかと思ったんだよ。生命保険に入ってたった二か月しかたってないとなりゃ、誰だって不審に思うだろう。相当ねちっこく調べたみたいだけどさ、何も出てこなかったと聞いている。それほど高額な保険じゃなかったらしいし」

「保険は誰がかけていたんです」

「本人だよ。あの女が受け取り人だ。マンションがただになったうえ、二千万円のキャッシュが手に入った。ご機嫌だったろう、あの女。徳が女と同棲しているという話は聞いていたんだ。しかし籍まで入れているとは思わなかった。あいつもお人好しのところがあったからな」

「会社には届けてなかったんですか」

「義務はないんだ。契約社員だからさ。保険もちがうし。あの女が何か企んだんじゃないかと疑うんだったら見込みちがいだよ。あれは相当抜け目のない女だが、それほどの頭はない」

「奥さんとはどこで知り合ったんでしょう」

「飲み屋だって聞いてるよ。どこにいたかということまでは知らんが」煙草をもみ潰《つぶ》すと時計を見た。「これぐらいでいいか。これから出かけなきゃならんのだ」

「最後にひとつ。長藤さんの姉が名古屋にいらっしゃるそうですけど、ごぞんじありませんか」

「聞いたことないな。篠田、知ってるか」

さっきまで金勘定をしていた男だった。さあ、と言って知りませんと答えた。

「なぜあの女に聞かなかったんだ」

「何となく聞きにくかったんです」

「まあそうだろうな」彼はそう言うと煙草を持って立ち上がった。

「あんた、仕事は何やってるんだ」

「主に設計です」

「惜しいな。運転手なら引っこ抜くところだが」

「運転もやりますよ」

「うちへ来る気は」

「ありません」

「だったら気を引くようなことを言うなよ」

彼は表情も変えずそう言うと奥から裏の方へ出て行った。礼を言って荻原建設を出ると、資材置き場から車が一台出てくるところだった。いまの荻原が運転していた。頭を下げると鷹揚《おうよう》にうなずいたが、乗せてやろうとまでは言ってくれなかった。資材置き場にはもう誰もいなくなっている。わたしは道路へ戻り、地下鉄の駅に向かった。

「兄さん」後から呼び止められた。「どこへ行くんだ」

くわえ煙草が近づいて来た。建物の陰にいたから気がつかなかった。先ほどお茶を持ってきてくれた男だった。

「一緒に行こうや」肩を並べて言った。事務所にいたときとまったく同じ格好だった。作業着に作業靴。顔も洗っているようには見えなかった。

「めしでも食いませんか」

「それより一杯飲もうや」

いいですよと答えた。地下鉄の駅を通りすぎて一、二分行き、十年先を当てこんで商売をはじめたみたいな鳥料理屋に入った。赤提灯をぶら下げ、焼き鳥の煙で景気をあおるような店ではない。焼き鳥もあるにはあるが、それより生け簀《す》の魚を食ってもらいたいと言いたげな気取った店だった。奥へ五間くらい延びているカウンターの中に板前が三人いて、客に講釈を垂れる仕組みになっている。後が細長い座敷、給仕の女性はかすりの着物を着ていた。客はいまのところ五、六組。見ると座敷に上がっている連中はみな鍋料理をつついていた。わたしたちは何も聞かれないままカウンターに案内された。差別されたとは思っていない。カウンターでも鍋はつつける。

壁にぶら下がっているビラを見て刺し身の盛り合わせと、ビールを頼んだ。焼き鳥はこの店のオリジナルだというつくねのセット。ほかにわたしが酢のものと野菜の煮つけ、男が肉豆腐を頼んだ。男がビールより熱燗《あつかん》がいいと言ったのですぐさまお銚子《ちょうし》を三本注文した。

「な、さっき見ただろう。今日は金もらったばかりだからよ、払いのほうは心配するな。好きなものを食いな」

「それはだめですよ。ここはぼくが持ちます」

「おれが誘ったんだ」

「そうじゃありません。ぼくのほうにお願いしたいことがあって席を設けたんです。長藤さんの話を聞きたいんですけどね」

と言うと納得した。幸いにも今日名古屋へ着いたあと金を下ろしていた。この店くらい貸し切りで、とまではいかないものの、ふたりで飲むくらいなら急性アルコール中毒で天国へ行けるくらい持っていた。

どうぞ手酌で、と言ってやったが自分に注ぐ前必ずわたしにもすすめる。この手の男が示す特有の親しみにほかならなかった。つつましくて、馴れ馴れしくて、いくらか卑屈さの籠っている親近感。言葉に関東訛《なまり》があった。

「どこから来た？」薄い口許を泡だらけにして言った。

「東京からです」

「おれは千葉に二十年いたんだ」

「荻原建設にはどれくらいいるんですか」

「名古屋はまだ一年よ。徳さんと一緒に来たんだ」

頬がこけていた。肌に艶《つや》がなく、当初は唇も乾いていたように思う。多分原因はわかっている。肝臓が男の生き方に逆らわなくなったのだった。グラスにはじめて口をつけるとき、じつにせつなそうな顔をした。毎夕グラスを前にしては、同じ感慨に襲われているのではあるまいか。一日の苦行が終わり、すべてを忘れるための一杯にどういう感情を表わしたらいいか、彼らはたいていわからないでいた。押さえているものがあまりに大きすぎるとき、最初のひと口で飲み下さなければならないものもありすぎるのだった。

「長藤さんとはずっと一緒だったんですか」

「ずっとというわけでもないが、二年前、大阪でばったり会ってな。それから一緒よ。関西国際空港の仕事をしていたんだ。その前は横浜でも何年か一緒だったことがある。ずうっと途切れてたのがさ。大阪で偶然再会したのよ」

鉢村信次と名乗った。四十七というから驚いた。長藤より上だろうと思っていたからだ。あきれたことに酒が入るにつれ、頬に血色がよみがえり、年齢相応の顔に戻りはじめた。あれほどやるせなさそうだった苦悩の色が消え、安堵《あんど》とも陶酔ともつかぬ表情に変わってきた。いまのところ少量のアルコールがカンフル剤になり、気つけ薬になっていることは認めてやらなければなるまい。しかしこれが毒薬になってしまうまでの距離は、この先小指の関節ほども長くなかった。

「すると、長藤さんの奥さんもごぞんじなんですね」

「小牧の飲み屋にいた女だろ。知ってるよ。ありゃ金目当ての女だ、まちがいねえ。徳さん、人がいいし、金もだいぶ貯め込んでたからさ。うまく引っかけられたんだ。マンション買ったときはびっくりしたもんな。それだけの金を持ってたってことより、月に二十万もローン払う気によくなったと思ってさ。平気だと言ってたけど、そんなに楽じゃなかったはずだよ。あと二年もすりゃ楽になるって、そりゃバブルがはじける前の話だろうが」

「生命保険もかけてたそうですね」

「そうよ。女のほうはもっと高い保険に入れたがっていたらしいけどな。年齢制限がなきゃ億の保険に入れてたんじゃないか。徳さんが死んだときだって、なぜ労災が出ないんだって会社相手にだいぶごねたもん。最初っから金目当てだったことはまちがいねえ。おれはあの女が徳さんの死ぬのを前もって知っていたみたいな気がしてしょうがないんだ」

「思い当たることがあるんですか」

「そう言われると弱いけどさ。証拠は何もないからよ。しかし亭主が昼間働いてるとき、きんきらきんの格好して日がな一日パチンコやって遊んでるような女だ」

「鉢村さんとしては、長藤さんの事故死をどう思ってるんです」

彼は思案しながら銚子の酒をビールグラスに空けた。それを口許へ持っていく手つきはもう無意識の領域に入りかけていた。アルコールが体内に浸透して行くのを体液の流れとして感じている。見ると目許にうっすらと涙のようなものを浮かべていた。彼は生き返った。これからはその命を飲みはじめる。

「どう思うって、警察が結論出したことにおれが口出したってよ」口を鳴らして言った。右手にグラス、左手に煙草を持っていてどちらも離す気はなく、煙草のほうは灰が三センチもたまっていた。「ガス中毒と言われりゃ、それを信じるしかないだろう。たしかにストーブの火が消えて、窓ガラスが不完全燃焼を起こした煤《すす》で真っ黒になっていたもの。おれたちがあわてて事務所の窓を開けたんだ。そのときはまだ頭の痛くなるようなガスの臭いが部屋中充満していたよ」

「不審な点は何もなかったんですね」

「まあ車が前に置いてあったことくらいかな。事務所のすぐ前へさ。おれは徳さんが一回出かけて、また帰ってきたんじゃないかと思ってるけどな。そしてひょっとすると、あの中で一緒に酒飲んだやつがいるんじゃないかと」

「そう思うような兆候がありました？」

「いや、これも証拠はないよ。ほかに誰かいた形跡もなかったし。しかし徳さんにしたら飲んだ量が多すぎるんだ。飲んで飲めないことはなかったろうけど、最近はそんな無理をしなかった。三、四合飲むとたいてい自分からやめた」

「社長も同じことを言ってました。それが一升近く空けていたって」

「それとあの晩会うつもりだった相手に、何か引っかかってしょうがないんだ」

わたしは彼の右手に目を止めた。小指を立てている。

「女に会うつもりだったんですか」

「そうはっきりとわかってるわけじゃないけどよ」いくらか悲しそう

に言った。すべては当て推量でしかないのだった。そして自分では小指の動きに気がついていなかった。「あの日自分の車で仕事にやって来たときさ。何かおかしいなと思ったんだ。着替え持って来てたからな。上じゃないぜ。下着だよ」

「それ、奥さんは知ってたんでしょうかね」

「知るかよ、あんな女。一を聞いて十を悟るような女じゃないよ」

「長藤さんという人は女に惚《ほ》れっぽかったんですか」

「もてたことはたしかだ。無口だし、根が真面目だったからよ。一緒に飲みに行ったって、ちょっかい出すような男じゃなかった。それなのに不思議なくらい女が寄ってくるんだ。安心できるって言うんだよな、徳さんのそばなら。まあわからんこともない話だけどよ。いま思うと、あのころ、帰りにときどき途中でバスを下りたことがあったんだ。飲みに誘っても断ったり。そんなことはいままでなかったんだけど」

「ひとりでバスを下りて、どこへ行ったんでしょうね」

「知らないんだ。あの女と一緒になってから、急につき合いが悪くなった。所帯持っちまうと、徳さんでもあんなふうになるのかよと、みんなで飲みながら言ったこともある」

「それはいつごろからでした。ひとりで消えるようになったのは」

「一月くらい前からだな」

「そのころ、長藤さんのところへ誰か尋ねてきた人間はいませんか」

首を振った。上体が揺れている。まぶたが垂れ下がりかけていた。

間もなく一日が終わろうとしている。

「そういえばこないだ、社長んとこへ男が尋ねてきたな。あんたと同じだ。徳さんの死んだわけを知りたがっていた」

「保険屋じゃないんですね」

「保険屋じゃねえよ。全然そんな柄じゃなかった。しつっこい男でよ。女のところへ行って問い詰めたらしいが、らちがあかないもんだからこっちへ回って来たんだ」

「どんな男でした」

「大きな男だよ。徳さんよりもっとごっつかった。年も同じぐらいだ。頭が薄くて、ふぐ提灯みたいにごつごつした顔だった。目つきがあんまりよくなかったな」

「名前は」

「覚えてないよ。会社が何か隠してるんじゃないかみたいな言い方をするんで、しまいには社長が怒りだしたくらいだ」

「ここの毛が両方ともぴんとはねてませんでした」鬢《びん》のところに手を添えて言った。

「ああ。そいつだよ。目をぎょろつかせるとふくろうみたいな顔になった」

「その男、いつごろ来ました？　できるだけ正確に思い出してもらいたいんですけど」

「そんなむり言うなよ。昨日のことだってよく覚えちゃいないのに」

目をしばたいて考えはじめた。その間にもグラスを口に運ぶ。ピッチはだいぶ遅くなっていたが、それでも五、六回上げ下げするとグラスが空になる計算だった。酒の追加は二回目、六本目に入っていた。

「先月だったことはまちがいねえな。甚兵衛の酒を飲んだ日だから、十七、八日ごろかな。一月の十七日か、十八日よ。二十日以後じゃねえ」

逆算すると今日から三十四、五日前のことになる。坂倉博光は名古屋を訪れていた。自分が死ぬ二十日ほど前に、友人長藤徳夫の死に疑問を持って聞き込みに歩いていたのだ。

「甚兵衛の酒を飲んだことあるか」目が据わっていた。

「ありません」

「グラス一杯二千円も取りやがるんだぜ。なにが大吟醸《だいぎんじょう》だ。そんな酒をグラスで飲ませるかってんだよ」

「長藤さんの姉さんが名古屋にいるそうですがごぞんじありませんか」

「姉？」顔を上げて眉を寄せた。「妹なら生麦《なまむぎ》で八百屋やってるぜ。横浜の生麦よ。横浜にいたころ、その旦那《だんな》ってのが宿舎へ野菜納めてたからよく知ってるんだ」

「生麦のどこです」

聞いてみるとちっともよく知っていなかった。自分ではその店に一回も行ったことがないのだ。亭主の顔も一、二回見たことがあるという程度。八百屋のある場所も、生麦の駅前から駅の裏へ、それから所在不明のマーケットへと転々とした。

「思い出した」忘れたかと思っていたら突然だみ声を張り上げた。「谷藤だ。店の名前は谷藤だよ。駅の裏のマーケットの谷藤、まちがいねえ」

念を押そうとするといびきをかいていた。立ち眠りというものがあるとするとそれをはじめて見たことになる。かと思うと突如として正気に目覚めた。そろそろ筋の通った話はできなくなりかけていた。それでも解放してもらうにはまだ三十分を要した。その間に彼はいまいる荻原建設をやめると二十回以上も口走った。とくに不満があるわけではなかった。長藤徳夫がいなくなって名古屋にいる理由を失ってしまったのだった。頃合を見計らってそろそろ帰りましょうかと言うと、意外に素直にうなずいて自分から席を立った。銚子が全部で八本。恐らくこれはふだんよりだいぶ多いはずだった。何かを忘れるための酒はしょせん量でこなすしかない。それで忘れることはできても、それに要したエネルギーから受けるダメージの方がはるかに大きい。

わたしが勘定をすませている間に、彼はひと足早く外へ出て行った。店を出たときにはもう姿が見えなかった。今度は物陰にもいない。しばらく立っていたが変りなかった。わたしはあきらめて歩きはじめた。彼の胃袋こそいっぱいにしてやれたが、もっと満たしてもらいたいものは何ひとつ与えてやれなかった。

八時をすぎていた。公衆電話ボックスに入ってふたたび長藤美津子を呼び出した。晩酌でもしていたか、彼女はほろ酔い気味の声で電話口に出てきた。しかしもう一度尋ねたいというと、急に用心深い口調になった。

「何の用ですか」

「坂倉博光のことです」

「知りません、そんな人」

「一月前に尋ねて来たはずですが。なぜ隠したんですか。長藤徳夫と坂倉博光とは、長年の友だちなんです。ずっと交際していました。それをあなたは隠していた。べつにあなたのことを問題にしてるわけじゃありません。ふたりの関係を知りたいだけなんです」

「…………」

「よく聞いてください。あなたにやましいところがあるとは思っていません。ぼくは長藤徳夫という男の過去に興味がある。坂倉博光という男とのつながりを知りたいんです」

電話が切れた。美津子は無言で受話器を下ろした。わたしはすぐさま地下鉄の駅に戻った。そして来たときと同じコースをたどって彼女のマンションを訪れた。

九時半だった。他人の家を訪問するのに非常識な時間でもない。わたしは廊下に立って呼び出しボタンを押した。美津子は出てこなかった。意地になって二十回も三十回も押しつづけた。考えてみるとこのような強圧的態度で押しかけられてドアを開ける人間もいないだろう。頭ではわかっているのだが、押しつづけずにいられなかった。

応答がないまま外に戻った。下から見上げると、６０７とおぼしき部屋に明かりはついていなかった。カーテンの隙間からのぞいているとすれば、いま女の目にわたしの姿が映っているはずだ。出方がまずかったことはたしかだった。

いい知恵が浮かばなかった。穴の中に逃げ込んだウサギを外で待ち受けるには、けっしていい季節ではない。気温はすでに三、四度まで下がっていて、防寒着を着ているから寒くはなかったものの、快適さには程遠い。今夜の宿も決まっていなかった。もう高山へも東京へも帰る足はなく、それでいて一昨日から抱えている問題はなにひとつ片づいていないのだ。未練だけがマンションの玄関口にわたしをしばりつけていた。

白っぽいバンが来て路上で止まったのは三十分ばかりすぎてからのことだった。男がひとり下りてきた。マンションを見上げ、それから中に入って行った。数分後、ひとりで出てきた。車に戻ろうとして、待ち受けているわたしに気づいた。

動揺してみせるような玉ではなかった。勝間田義邦は地上に落ちている電柱の影ほどもわたしを気にしなかった。黙ってドアを開けようとするから言ってやった。

「居留守を使ってます。さっき電話したときはいたんです」

昼間と同じ服装だった。ちがっているところは帽子をかぶっていなかっただけ。ズボンが半日分の疲労を引きずって皺になっていた。夜明かりの下で見る勝間田の顔には、疲れのせいでない怒りと悲しみがにじんでいた。深い孤独が頬に張りついているのだった。

「何のことだ」

「あなたが尋ねていった女のことですよ」

「何を言ってるのかさっぱりわからん」

「長藤徳夫の女房を尋ねてきたんでしょう。ぼくも今日昼間尋ねて行ったところなんです。そのときは如才なく歓迎してくれました。しかしまた尋ねようとすると、にわかに警戒して、電話を途中で切ってしまったんです。それで強引に押しかけて来たんですが、いくら呼び鈴を鳴らしても出てきません。あの女、坂倉が尋ねてきたことを隠していたんです。ぼくが聞いたときは、そんな名、聞いたこともないととぼけました」ひと息にまくしたてた。待っている間に腹立ちが募っていたのだった。「坂倉は先月、女を尋ねています。長藤の死因に疑問を持ち、それを糾《ただ》そうとして聞き込みにきたんです。どうして女がそれを隠そうとしたのか知りません。多分後暗いことがあるからでしょう。どうしたらそれを聞き出せるか、あれこれ考えながら三十分ほどここに立っていました。そこへあなたがやって来た。多分ぼくと同用でしょう。ちがいますか」

勝間田義邦は何も言わなかった。黙って鍵穴にキーを差しこみ、ドアを開けた。そのまま乗り込もうとするからわたしはそのドアを手で止めた。

「どこに行くつもりです」

「ばか野郎、帰るに決まってるじゃないか」癇癪《かんしゃく》を破裂させて叫んだ。

「おれはサラリーマンなんだ。用がすんだら会社に帰る。あたりまえの話だろうが。遊び半分に田舎へ押しかけてきて、頼まれもせずに人の生活を引っかき回すようなやつと一緒にされてたまるか」

わたしは助手席に回ると自分から乗り込んだ。

「行きましょう」

勝間田はたっぷり十秒間わたしをにらみつけてから車を出した。しばらく黙っていた。敵意ともつかないふたりの息使いが車の中に充満している。剝《む》き出しにした矛先をどう納めたらよいのか、ふたりともじつのところわからないのだった。

「坂倉から何を預ったんだ」

「そちらのしゃべるのが先でしょう」

「何を預ったか言えよ。そしたら教えてやる」

わたしは彼の顔に視線を浴びせた。「いいですか。ぼくが坂倉から預ったものは、こちらの最後の切り札なんです。事情を知っている連中なら、ヒントを与えただけで中味を知ることができるはずです。しゃべったが最後ぼくの方はお終いなんだ。無償でしゃべる気はないと思ってください」

「隠してもいずれわかるさ」

「それはこっちだって同じことです。そちらが隠していることは、いくら隠そうとしても隠し通せるものじゃありません。いずれぼくは突き止めてみせます。言っておきますがけっしてフィフティフィフティじゃないんですよ。現物を押えているぶん、ぼくのほうが優位に立っている。

勝間田がいきなりブレーキを踏んだ。「下りろ」

わたしたちは地上に生き残ったたった二匹の雄猫みたいな形相でにらみ合った。雌猫が生き残っているかどうかは、とにかくこいつを倒してから探そうというわけだった。

わたしが車を下りると、勝間田はものも言わず走り去った。下ろされた場所がわからなかった。駅を探すのに十五分かかった。しかもあまりに腹を立てていたので、動きが鈍くなり、あと一歩というところで電車を逃がして十数分待たされてしまった。とにかく名古屋駅まで舞い戻り、未練と無念のおもむくまま時刻表を見上げた。いまごろ列車があるはずはないと思っていたのに、意外にも夜中の一時前に、東京行きの寝台急行が一本走っていた。試しに窓口へ行って聞いてみると、切符なら何十枚でも売りつけたいような顔をされた。それで急に思い立って名古屋で泊まる予定を変え、ビジネスホテル代より高い金を払ってB寝台券を買った。自分の選択が必ずしも妥当でなかったことに気づいたのは、列車に乗り込んでからだった。朝までまったく眠れないくらい腹立ちが納まらなかったのだ。

十

東京駅に着いたのは七時、乗り換えて立川まで帰り着いたのが八時という時間だった。その足で南口から徒歩七分のところにある菅井工務店へ向かった。現場へ向かう人間が出入りするためこういう商売は朝が早い。わたしが着いたときにはもうシャツ一枚で汗ばむくらい暖房が効いていた。ただし社員の方はまだ全員そろっているわけではなく、受け持っている仕事によって出勤時間がちがっているのだった。ここで時間に縛られていないのはわたしだけ、わたしひとりが契約社員である。この会社で働きはじめて十六年になるが、本社員になったことは一度もない。しばられたくないというわたしのわがままを、社長の菅井敬之進が許してくれているのだった。

「どうしたんですか」

佐々木というまだ三年目の若い社員がわたしの顔を見るなり言った。

「どうして。何かおかしいか」

「五日ぐらい遊んでくるって出かけたんじゃないですか」

そうだった。坂倉からの預りものを母親に渡したら、冬の能登《のと》を回ってタラ汁でも食ってこようと思って出かけたのだ。それが情けないことにこの二日間、何を食ったか思い出せないくらい貧弱なものしか口にしていなかった。

「遊びあきたんだよ」

負け惜しみを言うと、まだ社員の来ていない二階に上がって受話器を取り上げた。

「おはよう。早速だけど、坂倉博光が一月の中旬に休みを取ってないか調べてみてくれないか」

城南建設の二宮に尋ねた。

「いますぐですか」

「できたらそのほうがありがたい」

「じゃちょっと待ってください。あのおっさん、そういえば休んだことありましたよ。えー、あ、ありました、ありました。一月の十五日から、二十日まで休みを取ってますね。休日が挟まってますから休んだのは四日間です。たしか田舎に帰ってくると言って休んだように思いますが。どうかしました?」

「いや、ちょっと確認したかっただけだ。ありがとう」文恵のことはまだ言わないことにした。説明しなければならないことが多すぎる。いまはそれがわずらわしかった。列車の中で眠れなかった疲れがじわじわ出はじめている。

出張の引き継ぎをすませ、九時半に会社を出た。事務所から自宅までの足は125CCのバイクだ。仕事に来るときはいつもこれに乗ってくるし、都内へ出かけるときもここまでバイクで来て、立川から電車を使うようにしている。自宅から最寄り駅の秋川まで歩くと三十分かかる。バイクに乗って立川までやって来ても三十分、おかげでJRの五日市線という不便な乗り物にはほとんど乗ったことがなかった。

家は秋川から滝山街道で青梅《おうめ》に向かって行く途中にある。平井川を渡って左に曲がり、一キロ近く奥へ入ったところ。すぐ向こうが日の出町で、事実隣の農家はもう日の出町に所属していた。借家である。むかし家主の隠居夫婦が住んでいたという廃屋を借り受けたもので、ここに住みついて三十数年になる。正確にいえば祖父が健在だったころ借りたもので、以来わたしの代までつづいているということだった。周囲の畑を五反ばかり借りて野菜をつくっているが、地元では農家として認められていない。農夫としての腕もさることながら、その程度の畑ではとても食っていけないからで、収入の大半はもっぱら出稼ぎによって得ている。祖父の代からそうだった。もっとも祖父は、ここで百姓をやろうと思って移住してきたのではなさそうだった。何かから逃がれるための、一時的避難ではなかったかとわたしは思っている。ただしそれはいまのところ余談であって、とにかくわたしはここで生まれ、ここで育った。

帰ってくるととりあえずシャワーを浴びて身体をほぐした。風呂はないわけではないがたいていシャワーですませている。夏は野良仕事の合間に一日五回か六回は浴びる。汗を流したあとの身体に洗いたての下着をつけるときくらい贅沢なものはないと思っているのだが、あいにく洗濯となると日常生活中最大の苦役に属していた。貯めようと思うものの理想は金で、現実に溜まるものは洗濯物ばかりという経済原則が十年このかた、この家にしっかり根を下ろして変動しそうもない。今度は全自動洗濯機を買おうと思っているにもかかわらず、いま使っている二槽式洗濯機は八年働いて、まだ機嫌さえ取ってやればあと十年は頑張るつもりでいるらしかった。そしてこの洗濯機の機嫌を真面目に取ってやることは、わたしの生活方針にいささかの矛盾も乖《かい》離《り》もしないことなのだった。

冷蔵庫を漁《あさ》ったが何もなかった。油揚げの残りものが一枚ある。それで乾麺《かんめん》を茹《ゆ》でてキツネうどんをつくった。畑からネギとホウレンソウをとってきてたっぷり入れた。食ったら寝ようと決めていたのに、食ったら途端に元気になってしまった。わたしは勤勉というあこぎな美徳にうんざりしながら着替えをし、バイクに乗って立川へ出かけた。

南武線に乗って川崎経由で生麦を目指した。京浜急行の生麦駅で下りたのは午後の一時前。鉢村の当てにならない話から空振りを覚悟していたにもかかわらず、わずか五分で谷藤という八百屋を見つけた。

裏通りの、昔ながらの商売が軒を並べている小さな通りにそれはあった。テントを張り出した店先にダイコンや春キャベツや伊予カンやイチゴやリンゴが並んでいる。五十ぐらいの男が段ボール箱を出し入れしながら人が通りかかるたび声を張り上げていた。店の奥には食品雑貨の棚と、飲料水、牛乳、パック入り食品などの並んだ冷蔵ケースがあり、一部生鮮食品を除けばたいていのものは間に合うようになっている。レジに黒いセーターを着た四十半ばくらいの女性が立っていた。

客はまだ多くない。それが途切れるのを待って声をかけた。

「ちょっとお尋ねしたいんですが、奥さんは長藤徳夫さんの妹さんでしょうか」

「そうですが」女は警戒気味に顔を上げて答えた。

「昔、長藤さんと一緒に働いていたことがある者で鈴木といいます。昨日名古屋へ行きましたので、久しぶりに尋ねてみようと思ったんです。そしたら去年の暮れに亡くなられたというので、呆然《ぼうぜん》としました。どうしてまたあの元気な人がと、本当にびっくりしたんです。事故だったそうで、何ともお悔やみの言葉もありません」

「あ、そうでしたか。それはどうもありがとうございました」

女は手を下ろして言った。丸顔で体軀は上よりも横に発達している。

いくらかあわて気味に胸もとの埃《ほこり》を払った。髪に油気はない。化粧もほとんどしていなかったが口紅はきれいに引いていた。やや大まかながら目鼻立ちは整っている。態度はおだやかで、飾り気がなかった。

「わたしも話を聞いたときは信じられませんでした」声を沈ませるとまばたきしながら答えた。「あの身体でしょう。元気なのがいちばんの取り柄って本人も言ってたくらいですから。わたしがいちばん親しくしていた兄なんです。ちょうどインフルエンザにかかって寝込んでましてね。わたし、葬式にも行ってないんですよ」

「変なことをお聞きしますけど、長藤さんが結婚なさっていたことはごぞんじだったんですか」

「いいえ。親も、兄妹も、誰も知りません。このところお互いに忙しくて、しばらく音信が跡絶《とだ》えていたんです。兄が死んだことはもちろん、結婚していたことまで、何もかも青天の霹靂《へきれき》でした」

「やはりそうでしたか。ぼくもびっくりしたんです。マンションを教えてもらって、尋ねて行ったら若い女の人が出てきたでしょう。ぼくとあんまり変わらない年なんですから」

「マンションを尋ねられたんですか。わたしは行ってないんです。遺骨のほうは田舎の墓地へ葬りましたから、行く理由もなくなってしまって。姉が行かなくていいわよと言うんです。仏壇も置いてないんだからって」

「ぼくもそれにはびっくりしました。せめてお線香ぐらい上げさせてもらおうと思ったんですけどね。思い出したくないって言うんです。

まあそれも理屈にはちがいないでしょうけど」あらかじめ用意してきた香典を差し出した。「これ、そのつもりで先方へ持って行ったんですけど、なんか出す気になれなくて、そのまま持って帰ってしまったんです。妹さんが生麦にいらっしゃるというお話を聞いてましたから、今日こちらのほうへ尋ねてきたようなわけでして。ほんの気持ちですから受け取っていただけますか。墓前にお花でも供えるときのたしにしてください」

「まあ、それはどうもご丁寧に。ありがとうございます。わたしなんかが受け取るべきものじゃないんですけど、せっかくのお気持ちですからありがたく頂戴《ちょうだい》しておきます。兄もきっと喜んでくれると思います。お名前もうかがわなくてすみません。鈴木さんとおっしゃいましたね。住所もうかがわせていただきたいんですが」

「いえ、そんなことはいいですよ。昔何かと面倒を見ていただきましたのでね。せめてものお礼の気持ちですから。ただぼくなんかの気持ちとしては、どうしてあんな女性を奥さんにしたのか、それが意外というか、残念というか、複雑な気持ちです」

「わたしたちもねえ。悪口言うわけじゃないんですけど、どうしてそんな女に引っかかったんだろうって、思い出すと愚痴しか出ないんです。買ったばかりのマンションだってその人のものだっていうでしょう。兄はべつにあんなところに住みたがってたはずはないんです。あと三年もしたら引退して、伊勢辺りの海の見えるところに小さな家を建てて、釣りをしながら暮らすんだって言ってたんですから。それが夢だったんです。そのための貯金だってしていたはずなんですけど。こういう言い方はしたくありませんけど、何もかも全部取られちゃったというふうに思いたくもなります。相手の人、玄人《くろうと》さんなんですってね」

「どこかの飲み屋にいたとかいう話を聞きました」

「そうでしょうね。兄、だいたいやさしすぎるんです。だからつけ込んでくる人にはいつも利用されるんですよ。事故そのものは運命としてあきらめますけど、こればっかりは納得できなくてねえ。兄が本当にそういう生活を望んでいたんだろうかって、いまでも疑問に思うんです。苦労して、ふつうの幸せみたいなものは早くからあきらめて、せめて引退したらのんびりしようと思っていた人が、なぜこの年になって急に結婚しなきゃならなかったのかって」そう言うと彼女は鼻を詰まらせた。

客がふたりやって来たのでしばらく身を引いていた。まだ時間どきではなかったがけっこう客がある。見ているとそれが商売の心得とばかり、彼女は客別にお愛想を言っていた。わたしが差し出した香典袋が後の棚に置かれている。なんとなく自分の恥部を見ているようで、わたしは目を逸らした。

彼女は通りかかった男を「おとうさん」と呼び止めた。「ちょっとレジ見てくれない。お客さんだから」

わたしたちは奥の通路まで引き下がった。ここからだと店の中が見渡せるし、客の邪魔にもならない。彼女の夫は髭を生やしていて、背の高さを別にすれば芸能人にしてもいいような顔立ちをしていた。

ふたたびわたしたちは向かい合った。すこし間があいたせいか、彼女は前より醒《さ》めた顔をしていた。

「兄と一緒に仕事なさっていたんですか」

「ええ。横浜のニュータウンで一緒でした。ぼくもこれやってるんです」手で重機を動かす真似をした。

「そうでしたか。あのころはうちも主人の甥《おい》がいてくれて、手広く商売やってたんですよ。広川組の飯場《はんば》へ野菜納めてましたしね」

「坂倉という人の名をお聞きになったことはありませんか。高校のころ一緒だったという人ですが」

「坂倉さんですか」目が警戒的になって言葉が曖昧《あいまい》になった。「柔道部の坂倉さんかな」

「ほかに勝間田さんなんかがいらっしゃったはずです」

「じゃあやっぱり柔道部の人たちですね。兄、柔道がとても強かったんです。高校二年のときもう二段になっていましたから」

「するとみなさん柔道部の仲間だったんですか」

「そうです。兄のいたころの飛驒工業が柔道部の黄金時代じゃなかったでしょうかね。県の大会で準優勝したくらいですから。勝間田さんが大将で、わたしの兄が副将だったんです。坂倉さんが先鋒《せんぽう》でしてね。あの人がいちばん強かったんじゃないでしょうか、実力では。どんな試合でも三人くらい破ってましたから。もうずっと会っていないけど、みなさんお元気ですか」

「勝間田さんは下呂温泉の長生閣というホテルにいますよ。それから坂倉さんは、これも偶然ですけど、ぼくがいまいる会社の関連企業で働いています」

「そうでしたか。それはよかったですね。坂倉さんもやはり土建関係ですか」

「ええ。鉄筋工です」

「みなさんいろいろな人生歩いてらっしゃったんですね。どうかよろしくお伝えください。兄なんかもずっとサラリーマンやっていれば、あのまま平穏な人生を歩いていたと思うんですけど」

「何やってらしたんです」

「飛驒工業を出て、インク会社に勤めてたんです。八年ほど勤めたあと、先輩の人に誘われて一緒に独立したんですけどね。それがうまくいかなかったんです。先輩という人がお金にだらしない人で、そのうち洗いざらいお金を搔《か》き集めて夜逃げしちゃったんですよ。兄が全部借金を背負わされて、結局会社もつぶれたんですが、それからすこしずつ悪いほうへ悪いほうへ人生が傾きはじめたんですね。わたしにはは優しい兄でしたけど、田舎の兄なんかにはだいぶ迷惑かけているんです」

「一度結婚されたんでしょう」

「ですからそのときの倒産が原因で別れてしまいました」

「坂倉さんなんかもあんまり順調じゃなかったみたいですね」

「あの人はね」やや当惑気味に口を濁した。「まあわたしなどは人さまのことを言えた義理じゃありませんから」

客が五、六人入ってきた。繁盛している。彼女の夫がちらとこちらをうかがった。潮時だろう、わたしは礼を言って引き揚げた。

「お茶の一杯もさし上げず、どうも失礼いたしました」彼女は道路まで出て頭を下げた。

わたしは生麦からまた同じ経路を通って立川に帰った。電車の中で緊張感がほぐれ、眠気が襲ってきた。それでうつらうつらしはじめたものの、頭のどこかが醒めて、どうしてもまどろみにつかせてくれなかった。嘘をつくことばかりうまくなっている報いだった。自分が何をしたがっているのか、何を望んでいるか、自分でもわからなかった。

三時すぎに家へ帰り着いた。着くなり坂倉から預っていた位牌を取り出し、またためつすがめつ調べはじめた。太陽光の下で見る限り、位牌に何か書いてあるようには見えなかった。わたしは電気スタンドを押し入れの中に引き込み、人工的に光の色を変えて照射してみた。はじめに試みた赤い光の中で、何か文字らしいものが浮かび上がって見えた。位牌の裏側に書いてある。わたしは箪笥《たんす》を引っかき回し、母の遺品の中から真っ赤な端切れを見つけだしてきてそれをスタンドに被せた。点灯するといままでの赤シャツよりもっとはっきりした赤光が得られた。そして今度は位牌の裏に書かれている文字がはっきり読み取れた。

東南の角

表の戒名とはまったくちがう素人っぽい筆跡でそう書かれていた。

自然光の下で見ると何も見えない。特殊なインクが使われているのか、全面に塗ってある艶消《つやけ》しみたいな塗料にその秘密があるのかもしれなかった。

急いで考えなければならなかった。時間があまりない。時刻表を見て決断を下し、大急ぎで支度をはじめた。大振りのスポーツバッグに着替えを詰め込む。靴は山へ入るとき使っているトレッキングシューズを取り出した。家を出たのは午後の四時前。これでも東京駅へ着くのはぎりぎり五時半になる。その時刻に新幹線をつかまえなければ今日中に高山へ着けないのだった。

十一

一階に比べて地階の廊下は暗かった。気のせいでなく、天井に取りつけられている蛍光灯の間隔が開いている。気温は確実に一、二度下回っていた。誰もいない。一本の廊下が何かの道でもあるかのように前へ延びているだけだ。いちばん奥の部屋まで足を運び、表示のプレートを見上げながら、ノックをした。それから自分でドアを開けた。目の前に白布のかかったスチールベッドが横たわっていた。長椅子に座っていた坂倉文恵が顔を上げてこちらを見た。ひとりだった。彼女はまだ感情をあらわにできるほど悲しみを暖めていなかった。

わたしは彼女にうなずきかけ、ベッドに近づいた。白布を取ると坂倉澄江の小さな顔が現れた。かすかな肌色、かすかな色艶。彼女は眉間に皺を寄せて目を閉じていた。閉じた唇になにがしか意志といったものが感じられる。不機嫌とも安堵ともとれる眠り、死人の顔にいつも違和感を覚えるのは、瞼《まぶた》の下ろされた顔をふだんあまり目にする機会がないからだった。心づくしの線香が一本くゆっている。新しい線香をつけ、わたしは合掌した。それから白布をもとに戻した。文恵が立ち上がって目礼した。わたしは彼女の横に行って腰を下ろした。文恵は厚いハーフコートを着ていた。下はセーターにジーンズ。部屋の中に頬で感じ取れるほどの冷気が漂っていた。空気が重く、濃厚だった。

言うべきこともないまま、自分の呼吸を感じていた。冷気の底から首だけ出して、温《ぬく》もりを求めて視線をさまよわせている孤独感に近いもの。目の前に横たわっている坂倉澄江との間には、どんな想像力を働かせても及ばないほど距離があった。物理的な死だけが近い。そのふたつが時間という同一線上でいつも隣り合わせていることを、人の死を見送るたび感じる。

壁を隔てた音として救急車のサイレンがこだましてきた。ここは救急病院も兼ねているのだった。静止していた空気がこちらへ押し出されてきたみたいなざわめきがしばらくつづいた。やがてそれも撒《ま》き水が乾いてしまうように遠ざかり、夜半の、より深められた静寂と取って替わった。ときおり動いていたエレベーターの音すらめったに聞こえなくなった。

廊下から人の足音が伝わってきたかと思うと、ノックの音がして看護婦がひとり入ってきた。文恵よりだいぶ年上、三十前後だと思われる。わたしがいるのを見てやや戸惑ったものの、彼女は微笑を浮かべて文恵のところに近寄った。

「坂倉さん。おばあちゃん、いけなかったそうねえ。残念だったわね」

文恵が立ち上がって頭を下げた。

「お参りさせてちょうだい」彼女は澄江に近づいて白布を外した。

「おばあちゃん、つらかったわねえ。ようがんばったわ。もう大丈夫だからね。ゆっくり休んでちょうだい」

彼女は合掌してかなりの間動かなかった。それから静かに白布をかけた。

「ずっと第五の方にいたから知らなかったのよ。まだしばらく大丈夫だと思ったのに」文恵の方に向き直って言った。「あなたもつらかったでしょう。淋しくなるけど、気を落とさないようにね」

文恵が両手を前で合わせていくらか堅苦しく礼を返した。顔に涙をためていた。年上の看護婦は文恵の肩を抱き、背中を軽く叩いて数回うなずきかけた。それからわたしに会釈すると出て行った。

文恵が戻ってきて腰を下ろした。頭髪が前に垂れるほど首を落としていた。彼女はしゃくりあげながら言った。

「すみません。わざわざ来ていただいて」

「気にしなくていいよ。これくらいのことしかしてあげられないんだ。

もっと早く来るべきだったけど、さっき高山に着いたところなんでね。アパートの方に行くと留守だったので、もしやと思って病院に連絡すると、さっき亡くなったと知らせてくれたんだよ。かまわなければ一緒にお通夜をしてあげようと思ってね。ひとりよりはふたりのほうがおばあちゃんだって喜ぶだろう」

「はい。おばあちゃん、賑《にぎ》やかなのがとても好きでしたから」文恵は顔をおおって泣き出した。「わたしが看護学校に行きはじめてからずーっとひとりだったんです。淋しかったはずなのに、最後までそんなことはひとことも言いませんでした」

わたしは近づくと彼女を起こして抱き寄せた。小柄な身体が腕の中でふるえながらわななないていた。そのふるえは彼女の悲しみにほかならず、わななきは悲しみでカバーしきれないうめきにほかならなかった。文恵はこれまでずっと独りで立っていたのだ。寄りかかるもの、ちょっと背中をもたせかけてひと息つくものを持っていなかった。祖母の澄江がかろうじてその代役をつとめていたのに、彼女はいま、その思いを託す支柱まで失ってしまった。

心持ち寄りかかってくる文恵の重みを身近に感じていた。お互い上に分厚いものを着ていながら、その温もりを双方で必要としている。腕の中に伝わってくるひとつの呼吸、それを通して感じ取れる規則的な鼓動、自分たちが命というもので結ばれていることを、これくらい確実に、厳粛に感じさせてくれるときはなかった。わたしはいままぎれもなくここで生きていた。なぜここにいるかといった疑問の浮かんでる余地はまったくないのだった。

文恵は落ち着きを取り戻した。

「ありがとうございました」

きまり悪そうに肩をすくめたので、抱えていた腕を離した。わたしは彼女の見ている前でわざと足を前に伸ばした。こわばっていた背や肩をほぐそうとする。文恵の負担感がいくらかでも軽くなればと思ってしたことだった。しかしわたしが考えたほど効果があったとは思えない。彼女はまた生真面目な表情に戻り、口を閉じて自分の殻の中に閉じこもろうとしはじめていた。今夜は持久戦になりそうだ。文恵にいま必要なのは言葉だった。わたしは多分それを与えられる。彼女よりはだいぶ長く生きているからだった。

「おばあちゃんとはとうとう話す機会がなかったね」わたしは文恵に話しかけた。「多分大好きになれたと思うんだけどな。どんな人だったか、しゃべってくれない？」

「絶対好きになってくれたと思います」文恵は意外に淀みなく言葉を返してきた。たまっていた涙を流したことで、気分が楽になったのかもしれなかった。「会った人は、みんなおばあちゃんを好きになってくれましたから。とてもやさしくて、我慢強くて、明るい人でした。一度も怒られたことはありません。いつもわたしの立場でものを考えてくれて、何かしたいと言っても反対されたことはないんです。看護学校に行きたいと言ったときもそうでした」

「看護婦になろうとしたのは、自分の考えで決めたの」

「はい。何か資格を取りたかったんです」

「きみのおとうさんは、きみが看護婦になっていたことを知っていたのかな」

「おばあちゃんが知らせていたはずです。手紙が来たことはありませんが、ときどき電話はあるみたいでした。おばあちゃん、わたしに遠慮してあんまり言いませんでしたけどね。そんなこと、わたし平気だったのに、言えば傷つくと思っていたみたいです。わたし、もう子どもじゃなかったし、何言われても平気でしたから、そんなことちっともかまわなかったんですけど。そのこと、いつか言ってあげようと思っていながら、とうとう言いそびれてしまいました」

「それはおとうさんも許してあげるということかね」

「さあ、それはあんまり考えたこと、ないんですけど。ただ前みたいに、思い出すだけでいやだって気持ちはなくなっていました。父の気持ちがわかるようになったということじゃないんです。わたしの方が、世の中に出てそれだけ強くなったんだと思います。いろいろもまれてきましたから」

「おとうさんのことで、いじめられたことがあるんだね」

「面と向かって言う人はそんなにいなかったんですけど。陰で何か言われたり、差別というか、どこかでのけものにされたりしたことはよくありました。わたしたちにずっと親切にしてくれたのは、上のおじさんだけです」

「上って、きみの家からまだ上がっていったところに、納屋のつぶれた廃屋が一軒あったけど、あそこのことですか」

文恵の首がこくんと振られた。「岡さんの家です。おじさんが亡くなったあと、誰も帰ってくる人がなくなって、いつの間にかあんなに荒れてしまいました。おじいちゃんの、いちばんのお友だちだった人です。満州時代からの。日本へ引き揚げてきたとき、行くところのなかったおじいちゃんとおばあちゃんに、あそこを世話してくれたんです。うちの敷地も畑も、もともと岡さんところの山だったそうです」

「なるほど。それでおとうさんはいつごろまで家にいたの」

「わたしが子どもの頃から、家にはあんまりいなかったですね。みんなから白い目で見られるのが耐えられなかったんだと思います。母のこともあったし」

文恵はもう顔を上げていた。額にかかった髪を無意識になで上げるぐらい気力を取り戻している。ハンカチを取りだすと、目の回りを押さえるようにして拭《ぬぐ》った。何度見ても坂倉博光には似ていなかった。いくらか突き出している口許に、むしろ澄江の面影が感じられる。

「お母さんのこと、聞いてはいけませんか」

今夜の文恵はその言葉を冷静に受け止めた。左の肩を落とすようにして、しばらくがらんとした部屋の、白い壁を見つめていた。迷っているのではなくて、自分の気持ちを整理しているのだった。

「わたしが小学生の頃、父が五、六年、帰って来なかったことがあるんです。収入がなくなって、生活の苦しいのが子どもだったわたしにもわかりました。それで母が高山へ働きに行くようになったんです。

毎日列車で通勤していました。父が帰ってきてしばらくすると、今度は母が帰って来なくなって。それっきりです。何があったのか、わたしは全然知りませんでした。聞きたかったけど、怖くて聞けなかったんです。父のときも、母のときも、わたしの家に起こったことを教えてくれたのは、みんな学校の友だちでした。わたしなんか、母が働きに行くようになってから、きれいにお化粧しはじめたのを嬉しく思っていたくらいです」高ぶってくる感情を何とか押さえた。しかしつぎの言葉が出てくるまですこし時間がかかった。「父を恨めしく思ったほど、母を怨《うら》んでいるわけではありません。母が働きに行かなかったら、食べていけなかったのはたしかですから。むしろ母のほうが、みんなの冷たい目にさらされて、よほどつらかったろうと思います。おばあちゃんだってそのことでは、ひとことも非難めいたことは言いませんでした。でも母としたら、自分のしたことをみんなに知られた以上、もう家にいることはできなかったんでしょうね。黙って出て行ったんです。わたしが学校から帰ってみると、いなくなっていました。一度、貯金箱のお金を取り出して、母の勤めていたお店まで会いに行ったことがあります。でも、そこにはもう勤めていませんでした。お金や、学用品や、進学のときのお祝いなど、ときどき送ってくれていたのは知っています。でも中学生になったとき、わたしから断りました。今後はもう送ってきても受け取らないって。おばあちゃんのいないときお金を送ってきたことがあって、その場で受け取りを拒否したたんです。母がそういう形で親の権利を主張しつづけているみたいな気がして、何か急に腹が立ってなりませんでした。あのころは父も母も、許す気は全然ありませんでしたから」

「では、いまお母さんがどこにいるのか、知っているの」

「だいたいは」

「おとうさんが五、六年どこにいたかもわかっていたんだね」

「横浜です。おばあちゃんが会いに行ったことも、母が面会に行ったことも知っています。わたしにだけは隠していましたけど。隠すほうがいいことだと思っていたんでしょうね。わたしもいけなかったのかなあと思います。母やおばあちゃんの前では、何にも知らない、無邪気な子どものふりをして、それで通していましたから。父のことについて聞いたり質問したりするのは、母とおばあちゃんを傷つけると思っていたんです。お互いが気をつかい合って、気づかない振りのしっこをしていたんですよ」声がまた高くなり、文恵は自嘲的な笑いを浮かべた。頬が青くなったような印象を受けた。わたしは黙って彼女の横顔を見つめた。大人の世界に起こったできごとを、早く知りすぎてしまった少女の面影がまだ残っていた。「父も父でつらかったんだろうなと、いまは思います。古くから住みついている人たちの土地ですから、よそものというだけでも大変なハンデだったはずなんです。よくてあたりまえ、悪かったらなに言われるかわからない。本当に気の許せる友だちというのは、村にひとりもいなかったんじゃないかと思います。だからそれ以前からも、土地の人とはつき合ってなかったみたいですね。それでよけいまた何か言われる、そういうことが積もり積もって、やっぱり村を出て行かざるを得なかったんだと思います。それでなくても若い人がどんどんいなくなっているところですから」

文恵の感情が波のようにうねっているのがわかった。父と母に対する気持ちが、肯定でも否定でもないところで揺れつづけている。多分子どものときからそうだったのだろう。それがいまでもつづいていた。彼女自身はうめきながら、もうそれと折り合いをつけたがっているにちがいなかった。ただどうやって自分を納得させたらいいか、わからないというのが真相だろう。

「似たような話をしようか」わたしは彼女の顔を見ながら声をかけた。

「ぼくも高校生のときに、きみと同じような経験をしているんだよ。父と母の三人暮らしだったけど、貧乏百姓だったから生活はいつもかっつかっつだった。父は土木や建設の現場で働いていて、母は取れた野菜を近在へ売りに行ってわずかばかりの現金収入を得ていた。ふたりとも晩婚だったから、ぼくとは四十近く年がちがっていたんだよ。ところがある日を境に父が帰って来なくなった。そんなに蓄えがあったわけではないから、たちまち生活の行き詰まってきたのがわかった。能天気なことに、ぼくはそのころ身分不相応な私立の学校に通っていたんだ。父から母宛にときどき手紙が来た。その手紙の住居表示がいつも同じで、しかもある県庁所在地の大手町という、どう考えても父の住まいらしくないところからだった。それに疑問を持つようになって、ようやくどういう事情だったかわかったんだよ。ぼくにできることはひとつしかなかった。母に無断で退学手続きを取り、祖父が世話になっていた知り合いの土建会社に行って社長と直談判《じか》すると、翌日からそこで働きはじめたんだ。母にはばれるまで黙っていた。いまでも自分の処置はまちがっていなかったと思っている。そして自分がそのとき高校生だったことを、つくづくよかったと思った。きみの場合はそうじゃない。まだ幼すぎた。無邪気な子どもを演ずる以外、どうしようもなかっただろうと思うよ。ぼくにはそれがどんなにつらいことか、わかるつもりだ」

文恵が身を固くして聞いていた。髪がやや乱れていた。さほど高くはないが、形のいい鼻に誇りが宿っている。わずかに色づいた唇は肉感的で、若さというつぼみがふくらんでいることを感じさせる。それは意識するとしないとにかかわらず、内から盛り上がってくる彼女の未来であり可能性なのだった。

「お母さんも亡くなられたんですね」彼女はある明晰《めいせき》さを持ってわたしに尋ねた。

「ぼくが働きはじめて一年たらずのときだった。交通事故だったんだよ。事務用品屋のセールスマンが、脇見運転をしていて行商中の母をはねてしまった。外傷はほとんどなかったけど、全身に受けたショックからとうとう回復しなかった。何ともあっけない死で、三日間ベッドにつき添っていながら、最後まで本当のできごとだとは思えなかった。それでも父が受けた打撃に比べればはるかにましだったと思っている。父はそのあとまだ二年帰ってこられなかったわけだからね。帰ってきたときの父は、別人のように生気をなくしていた。生きる張り合いというものを完全に失くしていたんだ。そして自分がどんな夫だったか、そればかり責めつづけて、あとはひたすら死ぬことを願っていた。その望み通り、ほどなく亡くなってしまったけどね。実際は生きている間に死んでいたも同然だった」

「おとうさん、つらかったんでしょうね」

「ぼくよりもっとね」

「淋しいとき、どんなふうに気分変えるんですか」

顔を上げて文恵は言った。その視線がこれまでになく柔らかかった。一昨日わたしが言ってやった言葉への、返礼のようなものが含まれているのかもしれなかった。

「働くことにしているよ。肉体を動かしていれば、あまり後ろ向きの考えにはならないからね。いい思い出しか残さないようにすると、そんなに落ち込むことはないものだよ」

「わたしもそうするつもりです。子どもの頃、よく性格が暗いみたいに言われたんですけど、自分ではそんなことないと思っています。割合ぱっと、気分を切り替えられるほうなんです。まえは絶対都会へ出て行こうと思ってました。田舎には住みたくないと。おばあちゃんがいなかったら、多分出ていってたんじゃないかと思います。でも最近、だんだんそんな気持ちがなくなってきました。やっぱり自分の生まれ育ったところで暮らすのが、いちばんいいように思えてきたんです。どうしてかよくわからないんですけどね。いろいろな人とつき合うのが楽しいというか、知らない人と知り合うのがだんだん面白くなってきた感じがするんです。わたしなんかがこんなことを言うのは生意気かもしれませんけど、すこしは懐が広くなってきたのかなあと思っています」

「それはとても大事なことだよ。よかった。新しい友だちもできたんだね」

「ええ、たくさん。小学校のとき、わたしをいじめてばかりいた友だちがいるんです。その人のお母さんがここに入院していて、わたしがお世話したんですけど、その人のお母さんだとは知らなかったんですね。無事に退院できたときは、みなさん涙を流して喜んでくれて。その人が昔のことをごめんねって、泣いて謝ってくれたんです。その途端、いままでのつらかったことやいやな思い出が嘘みたいにすーっと消えてしまいました。わたし、意外と単純なんです。でもそれを変えようなんて思っていません。くよくよしても損だってことが、このごろやっとわかってきましたから」

文恵は自分からすすんで身の回りのことをしゃべりはじめた。いまつき合っている男性がいることまで。それが彼女を意欲的に、活動的にさせていることはまちがいなかった。そういえば文恵の目の輝きは、自分が必要とする人間、自分を必要としてくれる人間を持っている女性の目にほかならなかった。彼女はこれから見違えるほどきれいになれる。

わたしも自分の話をした。食えない百姓だから出稼ぎに出ているという打ち明け話は、彼女が声を出して笑うくらい面白がらせた。坂倉博光の話はいくらか脚色して伝えた。彼女は父親にはっきりした距離を置いていながらも、ある意味では父の性格を認めようとしていた。少なくとも父親が彼女や母親の前で、荒い声を出したり愚痴をこぼしたりしたことは一度もなかったのを評価していた。その父親の亡くなったことで、これまで感情の対象でしかなかったものを、理性の対象として見ることができるようになったのかもしれなかった。

気がつくと、文恵はいつの間にか後ろの壁に寄りかかっていた。目を閉じている。動くと起きてしまうかもしれないと心配だったが、案ずるまでもなかった。彼女は見る間に寝息をたてはじめた。時刻はもう一時をすぎている。彼女は今日日勤で、一日働いたあとだった。勤務時間が終わったのちに、坂倉澄江は危篤状態に陥った。息を引き取ったのは夜の八時すぎだったという。

五分ほど眠っていたろうか。身体がぐらついた拍子にはっと目を覚ました。

「ごめんなさい」

「いいよ、寝てなさい」わたしは彼女を見守りながら言った。「それとも家に帰って、すこし寝てきたらどう。おばあちゃんの伽《とぎ》は、その間ぼくがしていてあげるよ。ね、そうしなさい。家で何時間か寝てくるといい」

「いえ、大丈夫ですから。鈴木さんのほうこそ、長い間ありがとうございました。もうけっこうですから、お帰りになってください」

「じつをいうとね、今夜はここで夜明かしするつもりなんだ。宿を取ってないんだよ。だからぼくのことは心配いらない。こういうの、慣れているんだ」

「じゃわたしの家へ行って寝てください。汚ないところですけど」言った途端、かすかな狼狽《ろうばい》が走った。

「じゃ、こうしよう。きみが先に帰って何時間か寝ておいで。その間ぼくがお通夜をしている。きみがここへ帰ってきたら、今度はぼくがきみの家に行って休ませてもらう。交代で休むようにしようよ」

文恵はためらったもののその提案を受け入れた。狼狽したのは部屋の中に下着でも干してあったのではないだろうか。だから彼女が先に帰る方を選び、三時間寝てくるということになった。わたしは一階のロビーから電話をかけてタクシーを呼び、料金を先に払って、彼女を見送った。それから遺体の安置室に戻った。

ずっと起きていたわけではない。うつらうつらとしたり、漠然と考えごとをしたりしていた。安置室の中はいくらか冷たかったが思考を妨げるほどではない。考えることが多すぎたのだった。

坂倉文恵は六時すぎにあわてて駆け込んできた。寝過ごしたのだ。目覚ましをかけてあったのに気がつかなかったと、泣き出しそうな顔で言った。それだけ疲れていたにちがいない。この四、五日、この小さな身体には苛酷《かこく》すぎる日々がつづいていた。できたらもっと休ませてやりたかったが、わたしが考えていたより二時間も早く戻ってきたことになる。わたしは彼女から部屋の鍵を受け取り、病院を出て、歩いてアパートへ向かった。

外はまだ真っ暗だった。今夜も雲の切れ目から星が出ていた。凍てついた足下の感触が叩き返すみたいに固い。吐く息がなぜか懐かしかった。頭上を一条の線がよぎった。流れ星だった。わたしは死人の後ばかり追いかけていた。

本書は、株式会社ＫＡＤＯＫＡＷＡのご厚意により、角川文庫『冬の巡礼』を底本としました。但し、頁数の都合により、上巻・下巻の二分冊といたしました。

冬の巡礼　上

（大活字本シリーズ）

2016年6月10日発行（限定部数500部）

底　本　角川文庫『冬の巡礼』

定　価　（本体2,900円＋税）

著　者　志水　辰夫

発行者　並木　則康

発行所　社会福祉法人　埼玉福祉会

埼玉県新座市堀ノ内3—7—31　〒352—0023

電話　048—481—2181

振替　00160—3—24404

印刷製本所　社会福祉法人　埼玉福祉会　印刷事業部

ISBN 978-4-86596-081-5

大活字本シリーズ発刊の趣意

現在，全国で65才以上の高齢者は1,240万人にも及び，我が国も先進諸国なみに高齢化社会になってまいりました。これらの人々は，多かれ少なかれ視力が衰えてきております。また一方，視力障害者のうちの約半数は弱視障害者で，18万人を数えますが，全盲と弱視の割合は，医学の進歩によって弱視者が増える傾向にあると言われております。

私どもの社会生活は，職業上も，文化生活上も，活字を除外しては考えられません。拡大鏡や拡大テレビなどを使用しても，眼の疲労は早く，活字が大きいことが一番望まれています。しかしながら，大きな活字で組みますと，ページ数が増大し，かつ販売部数がそれほどまとまらないので，いきおいコスト高となってしまうために，どこの出版社でも発行に踏み切れないのが実態であります。

埼玉福祉会は，老人や弱視者に少しでも読み易い大活字本を提供することを念願とし，身体障害者の働く工場を母胎として，製作し発行することに踏み切りました。

何卒，強力なご支援をいただき，図書館・盲学校・弱視学級のある学校・福祉センター・老人ホーム・病院等々に広く普及し，多くの人人に利用されることを切望してやみません。